Christel Wachowski

Als die Menschen verstummten.

Christel Wachowski

Als die Menschen verstummten.

Erinnerungen an die Flucht aus unserer Heimat Danzig

Herstellung und Verlag: BoD - Books on Demand, Norderstedt
Umschlaggestaltung: Daniel Morawek
Fotografien: Privatbesitz
ISBN: 9783839104279

1943 in Danzig: meine Mutter Hedwig Klatt,
meine Schwester Ursula und ich.

Wenn ich den Wandrer frage

Wenn ich den Wandrer frage
Wo kommst du her?
Von Hause, von Hause
spricht er und seufzet schwer.

Wenn ich den Wanderer frage:
Wo gehst du hin?
Nach Hause, nach Hause,
Spricht er mit frohem Sinn

Wenn ich den Wandrer frage:
Wo blüht dein Glück?
Im Hause, im Hause,
Spricht er mit feuchtem Blick.

Und wenn er mich nun fraget:
Was drückt dich schwer?
Ich kann nicht nach Hause
Hab keine Heimat mehr

Text: Hermann von Hermannsthal - (einige Quellen auch A. Lenz)
Musik: nach Friedrich Brückner - 1837 (auch R. Thiersch)

1.

Ich war ein vernünftiges Kind. Ich weinte nicht. Noch nicht.

Es war Montag, der 26. März 1945. Zehn Uhr am Morgen. Das Donnern der russischen Kanonen kam seit Tagen näher.

Ich hatte keine Träne verloren, als mein geliebter Vater in den Krieg eingezogen wurde. Ich beklagte mich nicht, als ich aus unserem Elternhaus in Danzig aufs Land evakuiert wurde. Genauso wenig zeigte ich eine Regung, als man mir mitteilte, dass wir aus unserer Heimat fliehen müssten. Doch heute, später an diesem Nachmittag, würde ich das erste Mal in meinem Leben hemmungslos in der Öffentlichkeit weinen.

Seit Februar hatte ich beständig Flüchtlingstrecks von Süden kommend durch die Dorfstraße in Suckschin ziehen sehen. Ihr Ziel war die Danziger Bucht im Norden. Manchmal waren es auch zerschlagene Truppenverbände, Soldaten, die vom Kampf gezeichnet mit hängenden Häuptern gen Westen zogen.

In den Wochen vor der Flucht wurde bei uns noch nicht geschwiegen. Nur darüber, dass wir selbst irgendwann einmal fliehen müssten, wurde kein einziges Wort gesprochen. Für meine Großmutter, wie auch für uns anderen, war der Gedanke unvorstellbar.

Dann erhielten wir »Einquartierung« von drei deutschen Soldaten. So viele Betten hatten wir nicht zur Verfügung. Also schliefen sie im Wohnzimmer auf dem

Fußboden.

»Der Russe wird bald hier sein, stellen Sie sich darauf ein«, klärten sie uns auf.

»Ach nein ...«, sagte Großmutter, wie beiläufig. »Wir bleiben hier. Wir haben doch niemandem etwas getan.«

Darauf entgegnete einer der jungen Soldaten, »ja, was glauben Sie, was die Russen, wenn sie hierher kommen mit Ihnen machen?! Und mit Ihrer Tochter und Ihren Enkelinnen?! Die werden alle vergewaltigt!«

Großmutter erschrak. Die Auskunft des jungen Mannes klang für sie wie eine Drohung. In einer derartigen Klarheit hatte noch niemand mit ihr über die Situation gesprochen.

Seit diesem Zeitpunkt wurde umgedacht.

Großmutter war eine kluge und energische Frau. Als im Sommer 1944 in Danzig die Verordnung erlassen wurde, dass alle Kinder zum Schutz vor den Fliegerangriffen aus der Stadt gebracht werden mussten und ich mit meiner Schulklasse nach Großmausdorf in die Danziger Niederung verlegt werden sollte, legte sie ausdrücklichen Protest ein. Sie bestimmte, dass ich zu ihr nach Suckschin kam und im Ort die Dorfschule besuchte. Die Evakuierung begann im September nach den Sommerferien.

Der Lehrer in der Schule hieß Lienau. Er war der gleiche, zu dem schon meine Mutter in den Unterricht ging.

In Danzig hatte ich die Volksschule »Schwarzes Meer« besucht. Die Schule befand sich in einem altehrwürdigen Kolossalbau mit zwei Eingangsportalen, eines für Knaben und eines für Mädchen.

In der Dorfschule saßen in einem einzigen Klassenzimmer die Klassen 1 bis 8, sowohl Mädchen als auch

Jungen, zusammen.

In jedem Schuljahr stand der Lebenslauf des Führers als Thema auf dem Lehrplan. Eines Tages ordnete der Lehrer an, einen Aufsatz über Adolf Hitlers Leben zu schreiben. Eine Schulstunde wurde dazu eingeplant.

Ich begann sogleich mit dem Schreiben. Mittlerweile schrieb ich den ganzen Aufsatz auswendig, wir schrieben ihn schließlich jedes Jahr.

Im Klassenzimmer wurde es sehr ruhig. Zwischendurch hob ich den Kopf und sah mich um. Einige Kinder stützten den Kopf mit der rechten Hand, mit der sie eigentlich schreiben sollten, und kauten zwischendurch am Bleistift.

Ich war als Erste fertig.

In dieser Zeit hätte ich in Danzig in der Sankt-Salvator-Kirche am Konfirmandenunterricht teilgenommen. Suckschin war ein Bauerndorf, ohne eine Kirche. Die Konfirmanden besuchten den Unterricht im Nachbarort Kladau, zwei Kilometer entfernt. Ich fuhr gerne mit meines Vaters Fahrrad dorthin.

Zu Hause bei meinen Großeltern gab es einen kleinen Katechismus. Oma übte mit mir die Zehn Gebote. Sie selbst konnte sie alle auswendig.

Unsere Mutter hatte es vorgezogen, sich zusammen mit meiner Schwester Ursula zu unseren Großeltern Klatt väterlicherseits nach Lehmberg evakuieren zu lassen. Beide wohnten im Bauernhaus zusammen mit der Großfamilie, zu der auch Vaters Bruder Max und seine Frau, Tante Meta, mit ihren vier Töchtern, Irma, Alice, Käte und Gretel gehörten. Onkel Max war der NSDAP-Ortsgruppenleiter im Dorf.

Gelegentlich fuhr ich mit der Buslinie auf der Strecke Danzig-Paglau von Suckschin, um Mutti und Ulli zu besuchen. In Lehmberg gab es keine Bushaltestelle, nur eine Bedarfshaltestelle namens »Prauster Krug«, einen Kilometer vom Dorf entfernt an einer Chaussee. Deshalb musste ich bereits vor meiner Abfahrt aus Suckschin das Gasthaus »Plumbaum« in Lehmberg anrufen und mein Kommen ankündigen. Die Familie besaß keinen eigenen Telefonanschluss. Der Wirt benachrichtigte Onkel Max.

Dieser holte mich schließlich mit dem Federwagen ab, vor den ein Pferd gespannt war. Er stand immer schon da, bevor der Bus ankam.

Auf der Fahrt zum Hof begeisterte mich die beeindruckende Landschaft.

Der Weg war schmal und unbefestigt. Gerade einmal breit genug für zwei Fuhrwerke. Der Weg bestand aus weißem Sand. Auf halbem Wege passierte man die Siedlung Prauster Krug, einen Ort, der aus drei Bauernhöfen, einem Forsthaus und einem kleinen Friedhof bestand.

Meistens fuhr ich zu Feiertagen nach Lehmberg; an Ostern, Pfingsten und an Weihnachten. Dann wurden Gänse aus der großen Gänseschar geschlachtet.

Der Ganter war ein bissiges Tier. Jedes Mal, wenn ich über den Hof lief, ließ er seine Damen allein, rannte mir nach, bis er mich mit seinem Schnabel beißen konnte.

Wir Kinder trugen während des Sommers schwarze Turnhöschen. Meines war aus Satin. Dazu trugen wir baumwollene Achselturnhemdchen. Einmal biss der Ganter in mein Gesäß und riss an meinem Turnhöschen, bis es zerriss. Zornig griff ich mit der rechten Hand direkt hinter seinen Kopf und packte ihn am Hals. Ich lief los und schleuderte ihn mit voller Wucht auf den Dunghaufen.

Der Ganter blieb regungslos liegen.

Tante Meta beobachtete den Zwischenfall vom Küchenfenster aus. Sie kam auf mich zugestürmt.

»Wie konntest du so etwas tun!? Den brauchen wir noch!«

Inzwischen kamen weitere Zuschauer, um das Schauspiel mit anzusehen. Plötzlich hob der Ganter seinen Kopf etwa zehn Zentimeter hoch und ließ ihn sogleich wieder fallen.

Es dauerte einige Minuten, bis er es wieder versuchte. Diesmal hielt er seinen Kopf schon etwas länger oben. Nach und nach versuchte er, seinen schweren Körper von der Seitenlage in die Mitte zu wälzen. Fünf Minuten später schaffte er es, sich auf seine Füße zu stellen.

Am glücklichsten darüber war meine liebe Tante Meta.

»Na ja, Christel. Der Ganter wird unbedingt gebraucht, damit es im nächsten Jahr wieder junge Gänse geben wird«, sagte sie.

Für mich bestand das größte Glück darin, dass dieser Ganter nie wieder hinter mir herlief.

Nachdem Großmutter entschieden hatte, dass wir uns auch in Sicherheit bringen würden, ließ sie Mutti und Ursula in Lehmberg benachrichtigen. Am Freitag, den 23. März, trafen sie mit dem Bus in Suckschin ein.

Bereits am nächsten Tag erließ Gauleiter Albert Forster aus seinem Amtssitz in der Danziger Jopengasse den offiziellen Befehl, dass alle Bewohner aus Suckschin im Treck in Richtung Ostsee in Fahrt zu setzen seien. Bürgermeister Fuchs veranlasste, dass die Einwohner auf dem riesengroßen Mühlen- und Gutshof »Hassel« am Montag, den 26. März 1945, einen Pferdewagen-Treck zusammen zu stellen hatten. Zwei Tage blieben uns also

Zeit zum Packen.

Unseren Vater hatten wir seit anderthalb Jahren nicht gesehen. Er befand sich noch immer an der Südfront in Italien.

Vater war gelernter Tischler. Vor dem Krieg arbeitete er bei großen Werken in Danzig als Firmentischler, unter anderem bei der »Schichau Werft« im Innenausbau der Schiffe.

1939 wurde er zur Kriegsindustrie zu den »Heinkel Flugzeugwerken« dienstverpflichtet und musste Danzig verlassen. Dort stellte er Flugzeugmodelle aus Holz her.

1942 wurde er schließlich zur Wehrmacht eingezogen. Nach einer kurzen Ausbildungszeit im Umgang mit der Waffe wurde er nach Italien verlegt. Unser Vater wurde nie in der ersten Schusslinie eingesetzt. Er gehörte zur Etappe, dem Gebiet hinter der Front, in dem sich die rückwärtigen Dienste befanden. Vater arbeitete für die Lazaretteinheit. Seine Aufgabe bestand darin, nach den Kampfeinsätzen die Verwundeten und Gefallenen zu bergen.

Für diesen Einsatz war es erforderlich, ausreichend Tragen und Bahren anzufertigen. Seine Vorgesetzten bemerkten sein handwerkliches Talent. Mit einem kurzen Blick erkannte Vater sofort die passenden schlanken, jungen Bäume, die für die Konstruktionen geeignet waren.

Seit die Alliierten Verbände im Juli 1943 in Sizilien landeten und mit aller Kraft nach Norden vorrückten, befand sich Vaters Einheit permanent im Rückzug. Bei einem der Gefechte musste die Kompanie ein Sumpfgebiet überqueren. Etliche Soldaten wurden von Moskitos gestochen und mit dem Malariavirus infiziert. Darunter auch unser Vater.

Er kam nun selbst für zwei Wochen ins Lazarett.

Malariapatienten leiden unter hohem Fieber und starkem Schüttelfrost.

Nach dem Aufenthalt im Krankenbett wurden ihm zwei Wochen Heimaturlaub zur Genesung genehmigt, und er kehrte im Dezember 1943 nach Danzig zurück. Sein einziges Gepäckstück war ein selbstgebauter Sperrholzkoffer. Viel Freude erlebten wir Kinder beim Auspacken der großen Menge vollreifer Blutorangen und Mandarinen aus Italien. Nach Ablauf der zwei Wochen musste er im Januar 1944 zurück zur Kompanie.

Das war das letzte Mal, dass wir unseren Vater gesehen hatten. Er erhielt nie wieder Heimaturlaub.

Täglich dachte ich an ihn. Ich vermisste ihn sehr. Er fehlte uns allen als wichtiger Teil unserer Familie.

Doch ich nahm es hin, dass er nicht zu Hause war. Trotz meiner jungen Jahre verstand ich, dass es so zu sein hatte. Es herrschte Krieg und die Bedürfnisse des Einzelnen mussten zurücktreten. Man hatte es uns immer wieder eingebläut.

Ich hatte eine straffe, preußische Erziehung genossen. Man zeigte keine Schwächen und öffentlich zu weinen galt als unschicklich.

Die Möglichkeit, unseren Vater über unsere bevorstehende Flucht in Kenntnis zu setzen, gab es nicht. Wie wir ihn jemals wieder finden würden oder ob er überhaupt noch am Leben war, wusste zu diesem Zeitpunkt niemand zu sagen.

Am Montag früh belud mein Großvater den strohgepolsterten Wagen mit Koffern, Taschen und Bettsachen. Die Nachbarn vergruben ihre Wertsachen, Dokumente und Danziger Goldgulden in ihren Gärten oder unter ihren Veranden. Meine Großeltern verscharrten nichts.

Ich zog meinen schönsten und modernsten, roten Mantel an. Mutti steckte den Schlüssel unseres Hauses in Danzig in ihre Handtasche und nahm ihn mit. Als sie das letzte Mal in der Stadt gewesen war, hatte sie die Haustür ordentlich verschlossen. Dass unser Elternhaus seit unserer Abwesenheit vollständig zerbombt wurde, wussten wir noch nicht.

Als wir an der Sammelstelle ankamen, stand allen Anwesenden die Angst ins Gesicht geschrieben. Niemand wusste, wie weit die Russen entfernt waren, aber der Kanonendonner der Artillerie war deutlich zu hören.

Zu fünft saßen wir mit unserem Gepäck auf dem Fuhrwerk, die Großeltern Hellmuth und Amanda Kohser, unsere Mutter Hedwig Klatt und wir beiden Schwestern. Ich war zu diesem Zeitpunkt vierzehneinhalb Jahre alt. Ursula war dreieinhalb Jahre jünger als ich.

Großvater kutschierte den Wagen. Der Treck setzte sich in Bewegung mit Ziel »Östlich Neufähr«, einem Fischerdorf an der Danziger Bucht.

Jeder der Flüchtlinge war in sich gekehrt. Die Frage, wie weit wir kommen würden und ob wir es schaffen würden, lag in der Luft, doch niemand wagte, sie auszusprechen. Und niemand wusste, wie es an unserem Zielort weitergehen würde, nur, dass man irgendwie auf ein Schiff kommen müsste.

Zu unserem Zweigespann gehörte auch ein blindes Fohlen. An der rechten Seite der Stute war es mit einem schmalen Riemen verbunden. Doch es half nichts – das Fohlen stolperte und stürzte immer wieder.

Der Treck bestand aus etwa 30 Fuhrwerken. Nach

ungefähr drei Stunden Fahrt stoppte der Treck. Alle Männer, die Jungen wie die Alten, sprangen von den Wagen, um die Pferde zu versorgen. Vor jedes der Tiere stellten die Helfer einen gefüllten Eimer mit frischem Wasser. Sie waren durstig, so dass sie gierig soffen. Danach hängte man jedem Pferd einen dreiviertel gefüllten Leinensack mit Hafer über den Kopf; dieses Futter fraßen sie wohl besonders gerne, da kein Körnchen übrig blieb.

Auf der ganzen Strecke hatte der Gefechtslärm in der Ferne fortgesetzt. So auch jetzt. Auf einmal hörte ich einen Schuss ganz in der Nähe. Doch ich konnte nicht erkennen, was passiert war.

Als sich der Treck wieder in Bewegung setzte, trabte die Stute alleine im Zweiergespann. Das schöne Fohlen war nicht mehr neben seiner Mutter.

Ja, ich erkannte, dass es einen Gnadenschuss erhalten hatte; mir liefen Tränen über das Gesicht. Tief in meinem Innern wusste ich, es flossen auch Abschiedstränen beim Verlassen unserer geliebten Heimat.

2.

Während der gesamten Fahrt im Treck schwiegen die Menschen. Doch dies sollte erst der Anfang sein. Es würde noch schlimmer kommen.

Dabei setzte das große Schweigen nicht unvorbereitet, von einem Moment zum nächsten ein. Man trainierte es bereits über viele Jahre hinweg.

Alles fing damit an, dass die Menschen begannen, immer etwas leiser und leiser zu reden.

Damit die Kinder die schlimmen Themen nicht mitbekommen sollten.

Damals, als wir noch in unserem Elternhaus wohnten. In der Freien Hansestadt Danzig.

In Danzig lebten wir im Wohlstand.

Unser Vater stammte aus einer wohlhabenden Bauernfamilie. Er hatte drei Geschwister. Otto, der Älteste, war bereits im Ersten Weltkrieg Feldwebel gewesen. Es folgten die Kinder Max und Auguste. Mein Vater Friedrich war der Jüngste.

Die Ländereien der Familie sollten nicht weiter aufgeteilt werden, also bekam er sein Erbe in Danziger Gulden ausgezahlt. Der Betrag war so hoch, dass meine jung verheirateten Eltern sich ein Wohnhaus in der Danziger Grenadiergasse, in unmittelbarer Nähe des Bischofsberges, kaufen konnten. In Hausnummer 4 gab es vier Wohnungen, die jeweils einen eigenen Eingang von der Straße hatten. Das Haus hatte einen hohen verzierten Giebel über seine gesamte Breite. Die Räume waren sehr groß.

Es gab die Geschosse Parterre, erster Stock und das Dachgeschoss. Im obersten Stock, unter dem Giebel, gehörte zu jeder Wohnung ein ausgebautes Zimmer, in dem Untermieter wohnten. Hinter diesen Zimmern befand sich, über die gesamte Länge des Hauses erstreckt, die Tischlerwerkstatt unseres Vaters.

Wenn er in der Werkstatt war, ging ich gerne zu ihm. Er erklärte mir die Hölzer, an denen er arbeitete. Er erläuterte mir, dass Eichenholz härter ist als Buchenholz und wie das frische Holz am Geruch erkannt werden kann. Der Holzduft der Kiefer ist der stärkste, da sie nach Harz duftet.

Vater freute sich über mein Interesse und meine Besuche im Dachgeschoss. Wenn er an der Hobelbank stand, kamen die Späne wie Korkenzieher aus der großen Raubank. Als ich noch klein war, hob ich sie vom Boden auf und spielte damit.

Vater leimte seine Möbelstücke nur mit dem braunen Tischlerleim. Es waren braune Tafeln oder auch Plättchen, die von 100 bis 160 Grad Celsius zum Kochen gebracht wurden. Vater war überzeugt, dass Stühle, die er leimte, 200 Jahre stabil blieben.

Zur Herstellung des Heißleimes wurden Knochen, Lederabfälle und Gehörn verwendet. Leider verursachte der kochende Leim einen widerlichen Gestank. Obwohl das breite Dachfenster geöffnet war, zog ich es vor, mich für eine Weile eine Treppe tiefer aufzuhalten.

Im 2. Obergeschoss stand im großen Zimmer Vaters wertvolles Gesellenstück. Es war ein Vertiko mit sehr kunstvollem Aufsatz. Das Medaillon in der Mitte war so oft poliert, bis sich die davor stehende Person darin spiegeln konnte. Diese polierte Fläche verlor nie ihren Glanz. Die Nippsachen davor spiegelten sich darin.

Noch heute weiß ich, dass in der Mitte eine hellblaue Deckeldose in Form einer Henne mit Nest stand. Das Material war gepresstes Glas.

Das gesamte Vertiko war handpoliert. Unter dem Aufsatz gab es eine Schublade. Die Frontseite bestand aus zwei polierten Türen. Die Griffe an der Schublade und an den Türen bestanden aus Messing.

Unser Elternhaus war an der Straßen- und Rückseite mit dunkelroten Klinkersteinen gemauert. Die Fenster zur Vorderseite hatten gewölbte Scheiben, durch die wir hinaussehen konnten. Von außen war der Einblick verwehrt.

Die Fensterbögen waren mit Blendziegeln verkleidet.

Wir wohnten im rechten Eingang. Das geräumige Wohnzimmer besaß zwei Fenster zur Straße. Zum Hof hin lagen die Küche und das Schlafzimmer. Dort standen zwei große Betten aus dunkler Eiche an der Wand. In einem Bett schliefen die Eltern, im anderen wir Töchter. Muttis Nähmaschine stand vor dem Schlafzimmerfenster, daneben die Nachtschränkchen und zwei Polsterhocker.

Im Wohnzimmer stand das feine Eichenbuffet. Darauf thronte ein Radio mit einem grünen »Magischen Auge« von der Firma Mende. Das »Magische Auge« war eine moderne Elektronenröhre, mit der die Stärke des Radiosignals angezeigt wurde. War der Sender ganz scharf eingestellt, war das »Auge« nur noch ein kleiner grüner Punkt.

Die Möbel im Wohn- und Schlafzimmer waren kantig, ohne Rundungen oder Wölbung im kubistischen Stil gehalten.

Vater hatte seine Tischlerlehre in Meisterswalde, in der Nähe von Danzig, absolviert. Danach ging er auf die

Walz. Sein erstes Ziel war ein Tischlermeister in Hessen, bei dem er sich weiterbilden ließ. Anschließend kam er in einen Betrieb nach Mannheim. Schließlich walzte er nach Dessau, wo er einige Zeit arbeitete und sich vom dort ansässigen Bauhaus inspirieren ließ. Der Bauhaus-Stil prägte von nun an auch seinen persönlichen Möbelgeschmack.

In einer der Wohnungen im Haus wohnte mein Patenonkel Adolf mit seiner Frau Erna und seinem Sohn Eberhard zur Miete. Adolf war der älteste Bruder meiner Mutter.

Mein Onkel war ein gelernter Zimmermann. Später bildete er sich weiter und ging zum Schiffsbau, wo er am Innenausbau von Schiffen beteiligt war. Er spezialisierte sich auf Wendeltreppen zwischen den Decks. Stets wurden Edelhölzer verwendet, zum Beispiel Palisander, afrikanisches Teak, Eiche und Mahagoni.

An die Rückseite unseres Hauses grenzte der Bischofsberg. Der Hang war grasbewachsen. Vom Hof aus gingen drei Terrassen, je einen Meter tief, den Hügel hinauf. Darauf blühten vom Frühling bis zum Wintereinbruch Blumen.

Links stand ein lila blühender Fliederbaum. Auf der zweiten Terrasse, etwas versetzt, wuchs ein Goldrutenbusch.

Auf allen drei Terrassen wuchsen blaue Schwertlilien, die sich jedes Jahr vermehrten. Ein rosablühender Busch Phlox und ein Tränendes Herz trieben alljährlich neue Sprösslinge. Dazwischen wuchsen auch Niedrigblüher: Schneeglöckchen, Stiefmütterchen, Ranunkeln, Vergissmeinnicht, Traubenhyazinthe, Maiglöckchen, Tulpen und dunkelrote Bartnelken. Die Windstille der Hanglage gefiel den Pflanzen besonders gut.

Wir erfreuten uns jedes Jahr neu an dieser größer werdenden Blütenpracht.

Der Bischofsberg war ein beliebtes Ausflugsziel für die erholungsbedürftigen Stadtbewohner mit planierten Wegen für die Spaziergänger. Eines Tages fuhren viele Lastwagen beladen mit Steinen den Berg hinauf. Wir beobachteten die Wagenkolonnen, die auch in den nächsten Tagen und Wochen nicht aufhörten, Baumaterial und Geräte zu transportieren.

Als die Bodenarbeiten anfingen, bemerkten wir Erschütterungen. Der gesamte Berg erzitterte. Die Arbeiten zogen sich etwa über zwei Jahre hin. Dann thronte über unseren Köpfen die neu errichtete und außerordentlich imposante Jugendherberge, die man nach Paul Beneke benannte.

Beneke war Danziger Ratsherr und Hanseadmiral, der im 15. Jahrhundert zahlreiche englische Schiffe kaperte.

Die Grenadiergasse befand sich im Stadtteil Petershagen. In 20 Minuten konnten wir zu Fuß das Danziger Stadtzentrum erreichen.

Zum Stadtzentrum gingen wir von der Grandiergasse in die sehr breite Straße »Schwarzes Meer«. Über das »Schwarze Meer« gibt es eine bemerkenswerte Scherzfrage:

Frage: »Wie heißt der höchste Berg der Welt?«
Antwort: »Der Bischofsberg. Von seiner Warte kann man das gesamte Schwarze Meer überblicken.«

Vom »Schwarzen Meer« überquerten wir die Brücke über

die Radaune und gingen links in Richtung »Heumarkt«. Der ist auch heute noch ein Busbahnhof.

Am Ende des Heumarktes gingen wir rechts zum »Kaiser-Wilhelm-Denkmal«. Seit dem Ende des Zweiten Weltkrieges steht dort das Denkmal des polnischen Königs Jana III. Sobieski.

Dahinter stand das sogenannte »Hohe Tor«. An allen Seiten war es mit großen Granitsteinen verkleidet. Im oberen Viertel des monumentalen Tores verlief ein Wappenfries. Es zeigte links zwei gegenüber stehende Einhörner, in der Mitte den polnischen Adler und rechts das Königswappen der Hohenzollern.

Im rechten Teil des Tores befand sich der »Norddeutsche Lloyd«, ein Reiseveranstalter, in einem großen Büroraum. Hauptsächlich konnten hier Schiffsreisen gebucht werden.

Zum Wappen mit den beiden Einhörnern ist folgendes anzumerken: das Einhorn ist ein Fabeltier und stammt aus dem Orient. Es ist pferdeähnlich, mit einem langen Horn in der Mitte der Stirn. Das Einhorn wurde zum Attribut der Jungfrau Maria. Allgemein verkörpert es unüberwindliche Kraft, Reinheit, Jungfräulichkeit und auch Liebe.

Die Hohenzollern sind ein sehr altes deutsches Geschlecht. Die Dynastie ist seit 1061 als Zollern bekannt, Mitte des 16. Jahrhunderts durch den Namen Hohenzollern ersetzt, nachweisbares schwäbisches Dynastengeschlecht. Den Aufstieg zur Großmachtstellung markierte vor allem die Regierungszeit der großen Kurfürsten Friedrich Wilhelm I. und Friedrich II. der Große in Preußen. Von 1871 bis 1918 waren die Könige von Preußen zugleich Deutscher Kaiser.

Ging man vom Hohen Tor ein paar Schritte weiter, kam

man zum Stockturm. Dieser wurde im 14. Jahrhundert als Befestigungsturm erbaut. In seinem Inneren wurde später, in der Renaissance, die »Peinkammer« errichtet, die jahrhundertlang als Gefängnis, Gerichtssaal und Folterkammer diente. An den Außenwänden des Turms waren noch die Einbuchtungen zu erkennen, an denen im Mittelalter Delinquenten mit den Händen angekettet waren. Sie knieten auf Steinmulden, mit bloßen Füßen. Eine Ziege wurde an einer längeren Leine daneben gebunden. Mit ihrer rauen Zunge leckte sie das Salz von den Fußsohlen ab, bis diese bluteten.

Vom Stockturm traten wir durch das Langgasser Tor auf die berühmte Danziger Einkaufsstraße, die Langgasse. Dort reihten sich die eleganten Geschäfte aneinander. Das größte Kaufhaus in der Langgasse war das »Sternfeld«. 1939 wurde es enteignet und erhielt den Namen »Kaufhaus des Ostens«.

Die Langgasse führte zum Langen Markt. Auf diesem Platz stand eines der Wahrzeichen der Stadt, der Neptunsbrunnen. Dahinter befand sich der Artushof und links das imposante Rechtsstädtische Rathaus. Der Artushof wurde als Versammlungsraum und Festsaal der Danziger Kaufmannschaft im 15. Jahrhundert erbaut. Mittlerweile diente er vormittags als Börse, besonders für den Getreide- und Holzhandel. Die hohen Fenster, die mit feinem Maßwerk verziert waren, beeindruckten mich.

Umrundet wurde der Lange Markt von mehreren Bernsteingeschäften, einer Eisdiele, einer Apotheke sowie Patrizierhäusern.

Am Abschluss des Langen Marktes stand das »Grüne Tor«. In diesem Gebäude wohnte jeweils der polnische König, wenn er in Danzig weilte. Trat man durch das Tor, sah man über die Mottlau hinweg auf die Speicherinsel. Linker Hand lag die »Lange Brücke«, eine befestigte Uferpromenade. Tagsüber standen Tagelöhner an dem Geländer an der Mottlau und warteten auf ein »Schauchen«. So nannten sie es, wenn sie für ein paar Stunden zum Schleppen von Lasten engagiert wurden.

Man bezeichnete diese Männer im Volksmund als »Mottlau-Spucker«, weil sie dies auch gerne beim Warten taten.

Von der Langen Brücke konnte man mit der Fähre zur Speicherinsel fahren. Die Speicherinsel war ein eigenes Stadtviertel mit mehr als 300 Speichern. Jedes Gebäude trug an seiner Vorderseite ein Symbol als Kennzeichen, manchmal ein Tier, eine Pflanze oder auch einen Heiligen. Diese Symbolsprache war nötig, damit die Seeleute und Handelsreisendenaus aller Herren Länder sich leichter zurecht fanden und die richtigen Speicher erkennen konnten, die sich sonst alle sehr ähnlich sahen.

In unserem Schullesebuch stand eine Geschichte. Sie handelte von einem Cellospieler, der in vergangenen Zeiten in Danzig lebte. Eines Abends besuchte er seine Freundin. Als er sich auf den Heimweg machte, wollte er den Weg abkürzen und lief, so schnell er konnte, über die Speicherinsel.

Spät abends wurden dort die Tore geschlossen und Bluthunde losgelassen; denn wer sich nach dem Zapfenstreich noch auf der Insel aufhielt, der konnte nur ein Dieb sein.

Der Cellospieler konnte die Insel nicht rechtzeitig verlassen, bevor die Tore geschlossen wurden. Die Hunde nahmen seine Verfolgung auf.

Als er bemerkte, dass er nicht mehr fliehen konnte,

packte er blitzschnell sein Cello und seinen Bogen aus und spielte um sein Leben. Tatsächlich sprang ihn keiner aus der Hundemeute an. Die Tiere hörten zu. Sie waren besänftigt. Bis in die Morgenstunden hinein. Dann wurden die Hunde zurückgepfiffen und wieder in ihre Zwinger gesperrt.

So lautet die Legende des jungen Cellospielers, der sein Leben mit seiner Musik rettete.

3.

Der Stockturm grenzte an den Kohlenmarkt. Dort befanden sich das Staatstheater, das Zeughaus und das Kaufhaus »Freymann«.

Bei »Freymann« kaufte unsere Mutter oftmals Stoffe. Die Schneiderin, die damals zu uns ins Haus kam, fertigte daraus für meine Schwester und für mich neue Kleider.

Ging man vom Kohlenmarkt wenige Meter nach Norden, erreichte man den Holzmarkt. In der Mitte des Platzes prangte ein wuchtiges Kriegerdenkmal. Um den Markt befanden sich eine Garnisonsvilla, das Hotel »Deutsches Haus« sowie weitere Prachtbauten.

Vom Holzmarkt zweigten insgesamt sechs Straßen ab, darunter die Breitgasse, die wieder in Richtung Speicherinsel führte. Abgeschlossen wurde die Gasse vom Krantor.

Das Tor war ebenfalls ein bekanntes Wahrzeichen Danzigs. Der erste Bau wurde an derselben Stelle bereits 1367 erbaut. Seine spätere Gestalt erhielt das Gebäude bei einem Umbau von 1442 bis 1444. Im Mittelalter wurden Sträflinge in den Holzrädern im Inneren des Tores eingesetzt. Sie mussten im Tretrad laufen, um den Kran zu bedienen und die Lasten von den Kähnen und Schiffen zu hieven.

Auf dem Langen Markt bewegte ich mich am liebsten. Die Straße war so schön breit.

Die Beischläge vor den Bürgerhäusern waren beeindruckend. Diese erhöhten, terrassenartigen Vorbauten zur Straßenseite eines Gebäudes hatten sich vor allem im Ostseeraum verbreitet, da sie das Erdgeschoss vor Überschwemmungen schützten. Die Beischläge waren mit aufwendig verzierten Geländern versehen und reichten über die gesamte Breite der Gebäudefassaden.

Neben den Treppen der Beischläge, die zu den Hauseingängen führten, befanden sich die Kellereingänge.

Besonders geprägt durch die Kunst des Beischlagbaus waren die Frauengasse und die Jopengasse, die parallel zur Langgasse lag und zur Marienkirche führte.

Die Marienkirche ist die größte Backsteinkirche der Welt. In ihrem Innenraum finden bis zu 25.000 Menschen Platz.

Als Kinder gingen wir gerne alleine zum Langen Markt und besuchten unsere Lieblingseisdiele auf der Südseite des Platzes. Auf der Terrasse eines Beischlags standen Tische und dazu passende kleine Sessel.

Wir Kinder kamen uns richtig groß vor, fast erwachsen. Ich wurde begleitet von Ursula und unserem Cousin Eberhard. Meine beiden Freundinnen Ingeborg und Gisela Klein, die in der Grenadiergasse 7 wohnten, kamen auch mit. Wir bestellten uns Eisbecher mit verschiedenen Eissorten. Dazu wurde stets ein Glas frisches Wasser serviert.

Danach liefen wir durch die Stadt und sahen uns die Schaufenster an. Gerne gingen wir ins »Sternfeld«. Innen war es besonders schön. Es hatte mehrere Galerien, in der Mitte war es offen. Die Galerien waren um riesige Säulen erbaut. Passend zu den jeweiligen Jahreszeiten hingen die Dekorationen über alle Stockwerke von der Decke herab. Der gesamte Innenraum war stets hell erleuchtet. Die

Waren wurden im Überfluss angeboten.

Nach dem Osterfest 1937 wurde ich in die Volksschule »Schwarzes Meer« eingeschult, ausgestattet mit einem neuen Ledertornister. Zu dieser Zeit übten wir Erstklässler das Schreiben auf einer Schiefertafel zwischen vier Linien. An einem Bohrloch im Holzrahmen der Tafel baumelten an Kordeln ein feuchtes Naturschwämmchen und ein hübsches kleines Frotteetuch.

In den Schulbänken saßen jeweils zwei Schülerinnen. Die Tischplatte konnte hochgeklappt werden. In das untere Fach legten wir zunächst die Fibel, das Lesebuch für Schulanfänger. Das Frühstücksbrot blieb bis zur großen Pause in dem dafür gekauften Umhängetäschchen. An die Haken der Bankseiten hängten wir unsere Tornister. In die Mulden der oberen Bankkante legten wir die Schreibgeräte. Das Tintenfass stand vertieft in der oberen Mitte. Zunächst schrieben wir ja noch mit dem Schiefergriffel auf der Schiefertafel.

Fräulein Marwitz unterrichtete uns in der ersten und zweiten Klasse. Sie ging sehr freundlich und liebevoll mit uns kleinen Mädchen um. Wir mochten sie sehr gerne.

An ihrer linken Hand trug sie am Ringfinger einen Ring mit einem großen Türkisstein, in Platin gefasst. Ihre Fingernägel lackierte sie mit farblosem Lack. Ihre feinen Blusen waren meistens aus Chiffon, in Blautönen, zart gemustert und mit Volantbesatz. Die Ärmel waren bauschig und am Handgelenk mit Bündchen und Zierknöpfen genäht.

In der Stadt gingen die Mädchen mit Kleidchen zur Schule. Meine Mutter stammte aus Suckschin. Dort war es üblich, zur Schule eine Schürze über das Kleid anzuziehen. So wollte sie mich auch kleiden. Ich wehrte mich und maulte. Doch ich musste es über mich ergehen lassen.

In der zweiten Klasse sagte ich, »Mutti, die anderen Kinder tragen auch kein Schürzchen. Ich brauche auch keines. Ich komme ja mit der sauberen Schürze nach Hause zurück, also wozu muss ich die Schürze tragen? Ich bekleckere mich nie! Ich bin nie schmutzig!«

Irgendwann gab sie nach.

»Na ja, wenn du schon gar nicht willst ...«

Einmal sagte sie zu Gästen bei uns zu Hause, »Unsere Christel bekleckert sich nie!«, um mit ihrer guten preußischen Erziehung anzugeben.

1939 und 1940, in der dritten und vierten Klasse, unterrichtete Herr Roloff unsere Klasse in Rechnen und Religion. Frau Hornemann war für alle Klassen im Zeichnen und Handarbeiten zuständig. Bei ihr konnten alle Mädchen sogar Strümpfe stricken lernen, auch ich. In meinen Zeichnungen erkannte Frau Hornemann Begabung. Ich erhielt Lob und gute Noten.

Noch besser gefiel mir die Religionsstunde bei Herrn Roloff. Darin waren bereits biblische Texte zur Vorbereitung für den bevorstehenden Konfirmandenunterricht sowie Lebensweisheiten enthalten. Zum Beispiel: »Vor einem grauen Haupt sollst du aufstehen und die Alten ehren und sollst dich fürchten vor deinem Gott; ich bin der Herr«, 3. Mose 19, 32.

»Graue Haare sind eine Krone der Ehre; auf dem Weg der Gerechtigkeit wird sie gefunden«, Sprüche 16, 31a

»Befiehl dem Herrn deine Wege und hoffe auf ihn, er wird's wohl machen«, Psalm 37, 5.

»Mein Sohn, gehorche der Zucht deines Vaters und

verlass nicht das Gebot deiner Mutter«, Sprüche 1, 8.

»Wer mich bekennt vor den Menschen, den will ich auch bekennen vor meinem himmlischen Vater«, Matthäus 10, 32.

»Jesus Christus spricht: Ich bin der Weg und die Wahrheit und das Leben, niemand kommt zum Vater als nur durch mich!«, Johannes 14, 6.

Zum Baden fuhren wir mit der Straßenbahn zum Heubuder Strand.

Am Ufer fanden wir immer kleine Bernsteinstückchen. Ich wusste, wo der Bernstein am leichtesten zu sammeln war. Nicht hinten bei den Dünen, sondern ganz nah am Wasser, dort wo die Wellen während der Nacht den Bernstein ans Land gespült hatten.

Wenn ich beim Sammeln beobachtet wurde, kamen gleich noch andere Kinder dazu und sammelten auch.

Am Sonntagvormittag ging Mutti mit uns beiden Schwestern zum Gottesdienst. Wir gehörten zur evangelischen Sankt-Salvator-Kirche. Dort hatten wir eine eigene Bank, an der ein Namenschild der Familie Klatt angebracht war.

Die Klänge der Orgel und die Choräle berührten meine Seele stark. Wenn der Pfarrer zur Kanzel emporstieg und zur Gemeinde sprach, hörte ich nur tröstende Worte. Sie erreichten meine Seele bis in die Tiefe. Nie zuvor hatte ich solch tröstliche Worte von einem Menschen gehört. Die Liebe, die aus diesen Worten sprach, rührte mich zu Tränen. Ich versuchte, meine Tränen zu verbergen.

Mein Weinen erboste Mutti so sehr, dass sie einmal aussprach, »mit dir kann man ja nicht einmal in die

Kirche gehen! Du blamierst uns ja alle!«

Ich hingegen wäre am liebsten immer in der Kirche geblieben und hätte dem Pfarrer zugehört.

»Na warte! Wenn du nach Hause kommst!«, flüsterte meine Mutter in mein Ohr und wendete sich von mir ab.

4.

Als ich geboren wurde, war die Freie Hansestadt Danzig ein unabhängiger Staat. Dies war ein Resultat des Versailler Vertrages, der 1919 geschlossen wurde und dem Deutschen Reich etliche Gebietsabtretungen auferlegte. Weder der Staat Polen noch die mehrheitlich deutsche Bevölkerung Danzigs waren mit dieser Staatsgründung einverstanden. Dadurch, dass keine Volksabstimmung angeordnet wurde wie in anderen deutschen Gebieten, die abgetreten werden sollten, sahen die Danziger das Selbstbestimmungsrecht der Völker verletzt.

Zudem wurde der neue Status der Stadt durch englische und polnische Truppen gewährleistet, die auf dem Stadtgebiet stationiert wurden. Außenpolitisch wurde Danzig von Polen vertreten, und Polen hielt die Teilhoheit über die Verkehrswege der Stadt, insbesondere den Hafen. Dies führte von Anfang an zu einem Gefühl der Bevormundung in weiten Teilen der Danziger Bevölkerung, die laut einer Volkszählung im Jahre 1923 zu 95% aus Deutschen bestand.

Ab 1933 erwarb die NSDAP in Danzig mehr als die Hälfte der Stimmen im Volkstag. Wegen der internationalen Kontrolle der Freistadt mussten die Nazis sich mit ihren, immer noch starken, Oppositionsparteien noch ein paar Jahre lang abfinden und konnten keine absolute Mehrheit erlangen.

Am 1. September 1939 griffen deutsche Streitkräfte das polnische Munitionsdepot auf der Danziger Westerplatte an. Mit diesem Angriff brach der Zweite Weltkrieg aus. Noch im Laufe des Tages verfügte Gauleiter Albert Forster – völkerrechtswidrig – den Anschluss Danzigs an das Deutsche Reich und ernannte sich selbst zum Staatsoberhaupt.

Die Partei begann sogleich damit, das freie Danziger Leben zu reglementieren. Mit einem Mal mussten Mädchen mit zehn Jahren zu den Jungmädels der Hitlerjugend. So auch ich.

Mittwochs musste man den einstündigen Heim-Abend besuchen. Es wurde gesungen und gehandarbeitet, alles ganz auf die Altersgruppe abgestimmt.

Die Kluft, die man zu tragen hatte, bestand aus einer weißen Bluse, einer Kletterweste aus braunem Samtstoff, einem schwarzen Halstuch und einem dunkelblauen Rock.

Wenn man sich in Räumlichkeiten aufhielt, trug man statt der Kletterweste eine schwarze Strickjacke, die mit kleinen Troddeln versehen war, die sogenannte »Berchtesgardener«.

Einmal kam ein Mädchen ein paar Minuten zu spät. Sie war fein gekleidet und stammte aus besserer Gesellschaft. Sie begrüßte die BDM-Führerin höflich und machte einen vornehmen Knicks.

Die BDM-Führerin war sofort außer sich. Sie sprach mit ihr im scharfen Ton und wies sie zurecht, dass man beim Betreten des BDM-Heimes mit erhobener rechter Hand und »Heil Hitler« zu grüßen habe.

»Ein deutsches Mädchen macht keinen Knicks!«, schrie sie.

In Danzig gab es einen eigenen Radiosender, den

»Landessender Danzig«.

Vater war ein begabter Sänger und hatte ein sehr gutes Gedächtnis für Liedtexte. Von ihm lernten wir Töchter sämtliche Weihnachtslieder und viele Volkslieder.

Mit seiner warmen Tenorstimme sang er im Männerchor der SA, in dem nationales Liedgut zu Gehör gebracht wurde. Bevor er dienstverpflichtet wurde, ging er etwa ein halbes Jahr lang abens unter der Woche ins Funkhaus und nahm mit seinem Chor Gesänge auf Schallplatte auf. Die Aufnahmen wurden jede Woche am Samstag und am Sonntag ausgestrahlt.

Die Sänger in dem Chor mussten auch zu den Tonaufnahmen in der SA-Uniform erscheinen.

An der Uniform waren Messingknöpfe angebracht, die von Zeit zu Zeit mit Sidol poliert werden mussten. Dafür gab es eine Vorrichtung, eine Schiene, in die diese Knöpfe dicht bei dicht hineingeschoben wurden und am Ende zusammengeklickt wurden.

Mutti wienerte, bis die Knöpfe glänzten. Wenn sie nicht geschickt genug gewesen wäre, dann wäre etwas Putzmittel auf die Uniform gelangt. Dergleichen durfte selbstverständlich nie passieren.

Zu Hause wurde nie über Politik gesprochen. Auch nicht über die Juden. Wenn wir in der Stadt Menschen sahen, die den gelben Judenstern auf ihren Mänteln aufgenäht hatten, dann redete man nicht darüber. Waren Häuscr mit »Jude« beschmiert, musste man wegsehen.

Wortlos wurde uns vermittelt, dass dies nichts für uns war. Dass wir dies niemals ansprechen dürften, da wir sowieso keine Antwort bekommen würden. Ich habe als Kind bewusst nicht weiter darüber nachgedacht. Ich verstand, dass es nichts für mich war.

Ich spürte aber, dass es etwas Schlechtes ist. Ich hatte immer schon Mitleid mit anderen Menschen. Die Menschen mit dem gelben Stern waren Ausgegrenzte. Das passte mir nicht.

Bereits am 19. September 1939, wenige Tage nach Kriegsausbruch, besuchte Hitler den Bischofsberg in Danzig und hielt eine Rede in der Jugendherberge. Die ganze Bevölkerung war dazu angehalten, auf den Straßen dem Führer zuzujubeln.

Hitler trat auf wie ein siegreicher Feldherr. Er fuhr in einem offenen Cabriolet. Er stand. Seine Mimik war stets eingefroren. Vor ihm, am Fenster des Wagens, war eine Stange angebracht, an der er sich mit der linken Hand festhielt, während er die rechte Hand hoch hielt.

Unsere Familie war ebenfalls anwesend. Die Menschenmenge überwarf sich in »Heil!«-Rufen. Es gehörte sich mitzuschreien.

Mir gefiel die ganze Sache überhaupt nicht. Die dicht gedrängten Massen ängstigten mich.

Ich schwieg.

5.

Als wir Östlich Neufähr am Spätnachmittag erreicht hatten, war es noch hell. Die meisten Häuser in dem kleinen Ort standen längst leer. Die Bewohner konnten sich rechtzeitig Schiffskarten für die Flucht besorgen.

Unsere Familie kam in dem unbewohnten Haus der Familie Hans Krause unter, in dem wir einige Tage verbringen mussten, bevor die Reise weiterging. Hinter dem Haus gab es einen Brunnen, der mit einem Holzdeckel bedeckt war.

Am Dienstag, 26. März, ging ich zum Brunnen, um Wasser zu holen. Plötzlich tauchte ein russischer Tiefflieger am Himmel auf. Ich kniete mich auf den Boden und klappte mich zusammen wie ein Taschenmesser, die Augen vor Entsetzen weit aufgerissen. Er sauste über mich hinweg, das Bordmaschinengewehr schoss aus vollen Rohren.

Eine Salve Kugeln schlug dicht neben mir in den Rasen. Aus jedem der Einschusslöcher wirbelte die Gartenerde etwa 20 Zentimeter in die Höhe, ohne dass mich eine Kugel oder ein Krümel Erde traf.

Danach erhob ich mich und ging mit stark zitternden Knien ins Haus, ohne Wasser geholt zu haben.

Tante Fränze und ihre vier Kinder Kurt, Helga, Erna und Else waren mit uns aus Suckschin auf die Flucht gegangen. In Östlich Neufähr waren sie in einem anderen Haus untergekommen.

Fränze, die eigentlich Franziska hieß, war mit Onkel

Fritz, der eigentlich Friedrich hieß, verheiratet gewesen. Fritz war der mittlere Bruder meiner Mutter. Wegen eines Magengeschwürs wurde er ins Danziger Diakonissen-Krankenhaus im Stadtteil Sandgrube gebracht, als wir noch in der Stadt wohnten.

Immer häufiger mussten wir zu dieser Zeit den Luftschutzkeller im Nachbarhaus, Grenadiergasse 5, aufsuchen. Meine Schwester Ursula vergaß nie, ihre Lieblingspuppe Bärbel mitzunehmen.

Das Hauptziel der Bombardements galt dem Hauptbahnhof in unserer Nachbarschaft. Die Flieger schafften es nie, den Hauptbahnhof zu treffen. Rundherum lagen Häuser in Schutt und Asche; der Bahnhof hingegen stand noch nach dem Krieg unbeschädigt, ohne einen Kratzer.

Bei einem der häufigen Fliegerangriffe auf Danzig wurde das Diakonissen-Krankenhaus schwer beschädigt. Unser Onkel Fritz lag als Patient in einem Seitentrakt mit seinem Magengeschwür zur Behandlung. In diesem Gebäudeteil überlebte niemand den Volltreffer.

Auf Anordnung der Parteiführung erhielten sämtliche Bombenopfer dieser Nacht ein Ehrenbegräbnis auf dem Heldenfriedhof »Silberhammer« in Danzig-Langfuhr, Silberhammer 12.

Seine Familie wohnte in Suckschin im Haus meiner Großeltern, aber in einem eigenen Teil.

Meine Schwester ging auf Entdeckungsreise durch das Fischerdorf. Einmal traf sie unseren Cousin Kurt.

»Ulli, komm mal her. Hier ist was«, sagte er.

Während der Nacht war das Kolonialwarengeschäft im Ort bombardiert worden. Der Kellerraum lag frei. Dort gab es kistenweise Sukkade. Davon brachte Ursula mehrere Hälften zu uns. Später ging sie noch mal hin und brachte noch mehr von diesen kandierten Zitronenhälften.

An unserem vorletzten Tag in Östlich Neufähr, wieder gab es einen der immer häufiger werdenden russischen Fliegerangriffe, fiel eine kleine Bombe in den Hof des Anwesens. Die große Wanduhr stürzte herab und blieb stehen; sie zeigte 12.30 Uhr an. Durch die Druckwelle der Detonation zerbrachen sämtliche Fensterscheiben am und im Hause. Im Küchenregal hingen Tassen, aus denen alle Böden kreisrund herausgepresst waren.

Unsere Mutti und unsere Großmutter spülten gerade in der Küche das Geschirr vom Mittagessen. Mutti traf ein Glassplitter am rechten Ohr in die äußere Ohrmuschel. Doch im Eifer des Augenblicks bemerkte sie den Splitter nicht. Erst Jahre später ertastete sie dieses Relikt aus der Kriegszeit. Sie ließ ihn nie operativ entfernen.

Unsere liebe Großmutter konnte so schnell nicht reagieren. Sie blieb wie angewurzelt stehen und erlitt mehrere Hautverletzungen an den Armen durch Glas- und Metallsplitter, die noch eine Weile lang bluteten.

Meine Schwester und ich waren gerade dabei, jeweils einen Stapel gespülter Teller aus der Küche zum Wohnzimmertisch zu tragen. In dem Moment, als wir sie auf den Tisch stellten, hörte ich das Herabsausen einer Bombe. Ein Luftdruck war zu spüren. Ich nahm meine kleine Schwester am Arm und rannte mit ihr zum Kachelofen. Wir hockten uns in der Ecke nieder, öffneten unsere Münder und pressten die Handflächen auf die Ohren. Dadurch blieben wir beiden Töchter unverletzt.

Ich hatte schon oft bemerkt, dass bei ausgebombten Häusern zwar die Außen- und Innenwände eingestürzt waren, die Schornsteine aber blieben immer stehen. So blieben auch wir unversehrt.

Unser Großvater hatte das Haus sofort nach dem Mittagessen verlassen und befand sich zu dieser Zeit am Pferdeversorgungsplatz, um bei der Fütterung mit Hand anzulegen.

Das Haus stand nun zu allen Seiten offen. Lediglich der Kellerraum konnte noch durch die Fußbodenluke betreten werden. Allerdings hielten sich bis kurz vor unserer Ankunft in dem Haus verwundete Soldaten darin auf. Sie hinterließen mit Blut getränkte Verbände, Mullauflagen, Stofffetzen und andere Abfälle. In den Ecken hatten diejenigen, die nicht mehr in der Lage gewesen waren, den Weg aus dem Keller bis zu dem Toilettenhäuschen hinter dem Haus zurückzulegen, ihre Notdurft verrichtet.

Dort unten konnten wir mit unserer Familie nicht übernachten. Das Haus war somit unbewohnbar geworden.

Großvater verfügte über Fronterfahrung aus dem Ersten Weltkrieg. Er überzeugte uns, die kommende Nacht bis zu unserer Abfahrt mit dem Schiff im Wald zu verbringen und veranlasste, ein Erdloch auszuheben. Ein paar junge Männer übernahmen für uns die Aushubarbeiten. Die Grube war etwa dreimal drei Meter breit und zwei Meter tief. Der Waldboden bestand aus weißem Sand. Wir stiegen hinein und hofften, darin schlafen zu können.

Die russische Armee war mit modernen Kriegsgeräten ausgestattet. Während der Nacht standen in etwa 50 Meter Höhe mehrere sogenannte »Weihnachtsbäume« in der Luft, um das Zielgebiet der Bombenangriffe zu erleuchten. Es war taghell. Wir lagen in der Grube, stumm, mit offenen Augen und angstvollem Herzen.

Plötzlich erreichte eine Druckwelle den Boden, auf

dem wir ausharrten. Sie brach eine Seitenwand der Grube herunter und bedeckte Großmutter und Mutti unter weißem Sand. Opa und ich buddelten hastig mit unseren Händen die beiden Mütter frei.

Verängstigt warteten wir, bis endlich der Morgen anbrach.

Gott sei Dank. Wir hatten die Nacht unter freiem Himmel ü b e r l e b t.

6.

Wir wussten, dass wir in Östlich Neufähr nicht in Sicherheit waren. Alle Menschen befanden sich in Aufbruchstimmung. Wir mussten alle weg. Wir suchten krampfhaft nach Möglichkeiten, um an die Schiffskarten zu kommen. Donnerstag früh erhielten wir fünf Karten. Großvater kümmerte sich darum. Wir nahmen unsere Sachen, die noch in dem zerbombten Haus abgestellt waren, und trugen das Gepäck an das befestigte Ufer. Das Flüchtlingsschiff trug den Namen »Urundi«.

Es war der 29. März 1945. Die Russen hatten mittlerweile ihr tödliches Bombardement eingestellt.

Wir warteten viele Stunden, um einen Platz auf einem Prahm zu ergattern, einem der flachen Fischerboote, die zum Übersetzen auf das Flüchtlingsschiff genutzt wurden.

Um uns herum stand die wartende Menschenmenge dicht gedrängt am Ufer. Es war ein milder Frühlingstag. Geduldig harrten die Menschen in der Warteschlange. Niemand sprach mehr. Jeder schwieg in sich hinein. Angstvoll.

Plötzlich trat ein Uniformierter auf die Menge zu. Er schob die Menschen beiseite und bahnte sich seinen Weg, direkt auf unseren Großvater zu. Opa war ein stattlicher Mann, der um Haupteslänge die Wartenden überragte. Schon von weitem erkannten wir, dass der Uniformierte um seinen Hals ein Brustschild aus Weißblech trug, das an einer Kette hing. Das war das Zeichen, dass er ein Feldjäger war.

Die Bevölkerung nannte diese Feldgendarmen wegen der Halskette »Kettenhunde«. Ihre Aufgabe in den letzten Wochen des Krieges bestand neben dem Aufspüren und der Exekution von fahnenflüchtigen Wehrmachtsoldaten darin, aus den Flüchtlingsgruppen ein letztes Aufgebot waffenfähiger Männer gegen die Sowjetarmee herauszufischen. Viele dieser »Waffenfähigen« waren allerdings Jungs von 14, 15 und 16 Jahren.

Ich stand dicht neben meinem Großvater und erkannte sofort die brisante Situation. Der Feldjäger kam direkt vor Großvater zum Stehen und herrschte ihn im Befehlston an.

»Sie dürfen nicht aufs Schiff! Sie bleiben hier zur Heimatverteidigung!«

»Nehmen Sie jetzt alte Männer?«, fragte Opa.

»Wie alt sind Sie?«

»71!«

»Dann müssen Sie ja im Ersten Weltkrieg gedient haben. Zeigen Sie mal Ihr Soldbuch!«

Großvater blieb ruhig und gelassen, griff mit der rechten Hand in die linke Innentasche seiner Joppe und zeigte, sehr bedächtig, sein Soldbuch aus dem Ersten Weltkrieg. Er hatte von 1914 bis 1918 bei der berittenen Kavallerie gedient.

Der erfolglose Männerfischer verstummte. Ohne einen Ton zu sagen, dafür mit einem wütenden Gesichtsausdruck gab er das Buch zurück, drehte sich um und verschwand.

Bevor die Sonne ihren Schein verlor, bestiegen auch wir fünf mit einigen wenigen Habseligkeiten einen Prahm. Man hatte uns bereits mitgeteilt, dass niemand mehr als zehn Kilo Gepäck mit aufs Schiff nehmen durfte. Wir nahmen nur das leichteste mit. Der Rest blieb stehen. Es zählten nur die Menschenleben, aber nicht die Bagage. Nur mit den Kleidern, die wir gerade auf den Leibern trugen. Wir packten nichts mehr um. Die größten und wertvollsten Gepäckstücke blieben zurück. Man nahm einfach das leichteste Köfferchen; fertig.

Die »Urundi« lag weit draußen auf Reede. Die Fahrt auf dem Fischerboot dauerte etwa 15 Minuten. Als wir dem Schiff nahe kamen, empfand ich es als sehr hoch und imposant. Tatsächlich betrug die Länge 127 Meter, die Breite 17 Meter und hatte ein Füllvermögen von 5.791 Bruttoregistertonnen. Es war grau angestrichen, wie ein Kriegsschiff. Auf dem Deck standen mehrere kleine Flak-Geschütze zur Verteidigung bei Fliegerangriffen.

Die Urundi war ursprünglich ein Handelsschiff. Ihr Stapellauf war am 27. Juni 1920, danach transportierte sie Güter von Hamburg nach Nordamerika und später nach Afrika. Bei der Evakuierung der Ostgebiete nahm sie an sieben Fahrten teil und transportierte insgesamt 32.716 Menschen nach Westen.

Nachdem der Prahm steuerbord neben dem Schiff gehalten hatte, stieg Mutti zusammen mit meiner Schwester am Fallreep empor.

Die meisten Menschen, so auch Oma, Opa und ich, stiegen in eine circa dreimal drei Meter große Holzkiste, die ein starker Hebebaum am dicken Metallseil in die Höhe hievte, über die Reling schwenkte und aufsetzte. Die Seitenbretter klappten herunter und wir verließen sofort das Behältnis. Eilig hoben Seeleute die Seitenteile auf, verriegelten sie wieder und ließen die Kiste für die nächsten Menschen hinunter.

Überall auf dem Schiff wimmelte es von Menschen.

Es müssen über 4.000 Flüchtlinge an Bord gewesen sein. Der Himmel war wolkenfrei und sternenklar. Auf der Wasseroberfläche zeigte sich keine Woge. Auch die russischen Flieger stellten an diesem Abend keine Tannenbäume an den Himmel.

Die Frachträume auf den vier Decks waren nicht für den Transport von Menschen geeignet. Dicht bei dicht lagen Matratzen, bezogen mit grau-weiß gestreiftem Drell. Bisher hatte das Schiff auch verwundete Soldaten von der Ostfront transportiert. Die Spuren ihrer blutenden Wunden und anderen Ausscheidungen zeichneten sich auf den Polstern ab.

Von der Gustloff-Katastrophe hatte man uns nichts erzählt. Wir lebten dennoch in Angst. Das Schiff hatte nur eine einzige eiserne Außenwand, wie es für ein Frachtschiff üblich war. In einem Passagierschiff hätte es noch eine zweite Wand gegeben.

Ich lag am Ende der Matratzenreihe, direkt an der Außenwand. Ich hörte jede Welle, die an das Schiff schlug.

Alle Passagiere lagen angsterfüllt, mit aufgerissenen Augen da. Schweigend. Jeder war alleine mit seiner Angst. Irgendwann schlief ich vor Erschöpfung nach dem stundenlangen Warten am Ufer ein.

7.

Nach Mitternacht, es war der 30. März 1945, wurden die Anker gelichtet. Das gesamte Schiff erschütterte unter dem Dröhnen der Motoren. Ich erwachte. Die Urundi nahm Fahrt auf und begann zu schwanken.

Für mein Empfinden zu stark.

Mein leerer Magen reagierte nicht normal. Es fühlte sich an, als ob er sich umkrempelte. Mit brummendem Kopf und zitternden Knien erhob ich mich und wankte in Richtung Treppe. Ein aufmerksamer Matrose kam mir entgegen und führte mich zum Abort.

Unmittelbar nach mir folgte meine Großmutter. Sie litt unter den gleichen Symptomen wie ich. In unserem Zustand fühlten wir beide uns, als seien wir todkrank.

Wir fuhren auf hoher See. Die »Urundi« gehörte zu einem Geleitzug mit neun Schiffen. Ziel war, Lübeck anzulaufen. Doch dort würden wir nie ankommen.

Die Schifffahrt dauerte drei Tage. Die Reise verlief monoton. Auf meinem Kopf begann es beständig zu jucken. Im Besonderen unter meinen Zöpfen. Ich hatte mir im Matratzenlager Läuse zugezogen.

Es war sehr lästig. Ich wusste nicht, wie ich mich wehren sollte. Kratzen half nichts. Es war schrecklich.

Die Luft unter Deck war mit menschlichen Gerüchen erfüllt. Die Passagiere waren allesamt in erbärmlichem Zustand.

Tagsüber ging ich manchmal auf das Deck. Mein Magen war total entleert. Ich war schwach. Ich schwankte vom Deck über die Treppe auf das Oberdeck und freute mich an der frischen kühlenden Seeluft. Es war erholsam. Die Sonne schien.

Ich ging ganz breitbeinig. Alles an mir zitterte. Ich lief zur Reling, hielt mich fest und torkelte zum Rhythmus des Schiffes. Eine halbe Stunde blieb ich an Deck.

Es gab während der Überfahrt keine Verpflegung an Bord. Man aß, was man bei sich hatte.

Mutti hatte eine Schinkenspeckseite mitgenommen. Es wurde immer wieder davon abgeschnitten und gegessen. Ursula hatte den Rest der Sukkade aufs Schiff mitgebracht. Sie half uns zu überleben.

Brot hatten wir zu wenig, es war als erstes aufgebraucht. Dann aßen wir eben Schinkenspeckstreifen und dazu Sukkade.

Während der Fahrt funkte eines der Schwesternschiffe den Befehl zur Kursänderung. Die aktuelle Route wurde zu gefährlich. Das neue Ziel hieß Kopenhagen in Dänemark.

Die Urundi fuhr südlich an der großen dänischen Insel Bornholm vorbei bis nordwärts in die Kögebucht zwischen Schweden und Dänemark. Die Fahrt endete im Kopenhagener »Christianshavn«. Wir alle dankten Gott, dass wir heil angekommen waren.

Es war Ostersonntag, der 1. April 1945. Um zehn Uhr läuteten sämtliche Glocken von allen Kirchtürmen der Stadt. Die Sonne schien und der Himmel erstrahlte im schönsten Blau.

Das Schiff lag drei Tage im Hafen. Oft ging ich über das Oberdeck spazieren. Mein Magen reagierte noch immer wie bei der Fahrt, obwohl das Schiff fest verankert am Kai lag. Ich ging breitbeinig, um mich in Balance zu halten. Dieser Zustand bestand auch an Land noch einige Tage weiter. Meiner lieben Großmutter erging es ebenso erbärmlich.

Während unseres dreitägigen Aufenthalts im Hafen verstärkte sich das Jucken auf meinem Kopf.

Auf den Matratzen lebten auch Kleiderläuse. Diese Lausart, besonders die in der Leibwäsche lebende, ruft durch Stiche Quaddeln und Juckreiz und verschiedene Typhusarten mit Rückfallfieber hervor. Rückfallfieber entsteht, wenn sich eine Laus bei einer Blutmahlzeit an einem fiebernden Patienten infiziert. Die Erreger vermehren sich etwa sechs Tage in dem Insekt, Verdauungstrakt und Speicheldrüsen der Laus werden nicht infiziert. Dadurch kann eine Übertragung auf den Menschen nur erfolgen, wenn die Laus verletzt oder zerdrückt wird und die Körperflüssigkeiten austreten können. Die Menschen an Bord wussten nicht um diese Gefahr, wenn sie ein Insekt töteten. Viele infizierten sich. Nach einer Inkubationszeit beginnt die Erkrankung mit plötzlichem hohen Fieber, Gliederschmerzen, Übelkeit, teilweise Atemnot.

Zum Glück blieb unsere Familie von dieser Ungezieferart gänzlich verschont.

8.

Am Mittwoch, dem 4. April 1945, standen Autobusse am Kai. Die Fahrzeuge waren sehr modern.

Wir Flüchtlinge stiegen schweigend über eine breite Treppe mit unseren Habseligkeiten an Land. Die Menschen freuten sich, als sie das Schiff verließen, dennoch, niemand war dazu in der Lage, ein einziges Wort der Freude zu verlieren.

Seit wir auf der Flucht waren, wurde überhaupt nur noch das Nötigste gesprochen. Auch in den Massenlagern auf dem Schiff war es die ganze Zeit totenstill gewesen, trotz der 1.000 Menschen auf jedem Deck.

Noch bevor wir das Schiff verließen, traten wir mit Mutti auf die Backbordseite.

Mutti öffnete ihre Handtasche und nahm unseren Haustürschlüssel heraus. Schwungvoll warf sie ihn über die Reling ins Hafenbecken.

Sie hatte erkannt, dass sie nicht wieder in ihr Haus zurückkehren würde.

Die Busfahrt von Christianshavn in Richtung Norden bis zum Stadtteil Hellerup erlebte ich wie eine Besichtigungsreise. Als ich die fremden Menschen und die fremden Häuser erblickte, sah ich etwas Neues. Hoffnungsvolles. In diesem Moment verspürte ich kein Heimweh.

Die Fußgänger trugen warme Wintergarderobe mit Woll- oder Pelzmützen. Das Schuhwerk bestand entweder aus Stiefeletten oder warmen Halbschuhen mit dicken

Kreppsohlen. Die hohen Wohnhäuser hatten breite Glas-fenster. Mir fiel auf, dass die Klinkersteine heller waren als unsere in Danzig.

Nach circa eine Stunde Fahrt erreichten wir die »Deut-sche Schule« in Hellerup. Das Gebäude war in zeitge-mäßem Stil erbaut. Der Eingang bestand aus zwei sehr breiten Glasflügeltüren. Zu den vier Stockwerken führte ein Wendelaufgang empor. Ohne jede Stufe.

Um einen weiß lackierten, runden Pfeiler, etwa einen Meter im Durchmesser, verlief der Aufgang, der mit wei-ßen viermal vier Zentimeter breiten Marmorwürfeln be-legt war. Die Begrenzung bestand aus einem Handlauf und rechteckigen Platten aus Edelstahl.

Bevor wir Flüchtlinge eingetrafen, wurde das Mobiliar aus den Klassenräumen entfernt. Nur vier kleine Schul-tische und dazu acht Stühle standen in der Mitte des Raumes, Zimmer Nummer 14, im ersten Stock, in dem wir untergebracht waren. Daran konnten wir uns nach-einander zum Essen setzen.

Zusammen waren wir 16 Personen im Zimmer. Unser Nacht- und Taglager bestand aus Stroh, das mit Decken belegt war.

Das Internationale Rote Kreuz hatte bestimmt, dass die Flüchtlinge zur Ernährung täglich mit 1.200 Kalorien zu versorgen seien. Kein Mensch erhielt je diese Menge. Niemand konnte sich satt essen.

Unsere liebe Großmutter erholte sich nicht mehr von den Strapazen der Seefahrt. Sie litt an Hunger, Heimweh und Herzeleid. Oma verstarb im Krankenzimmer am 21. April 1945. Ein Arzt bestätigte die Todesursache mit »Bronchialasthma, Herz- und Kreislaufschwäche«.

Mit uns im Zimmer lebte auch eine junge Mutter mit ihrem hübschen, niedlichen vierjährigen Töchterchen. Beide stammten aus Ostpreußen.

Das Kind fieberte täglich. Nie sank die Temperatur in den Normalbereich. Mit den Tagen magerte es sichtbar ab.

Mittlerweile ging es auf den Hochsommer zu. Jeder im Zimmer empfand herzliches Mitgefühl und Trauer. Etwa vier Wochen dauerte die Krankheit. Ein Arzt stellte den Tod nach einer Hirnhautentzündung fest.

Unser lieber Großvater vermisste seit der Flucht aus der Heimat die kräftige Ernährung. Oma war eine anerkannte gute Köchin und Bäckerin gewesen. Sie war bekannt für ihre Fleischbrühe, für die sie eigens ein Huhn schlachtete. Oder für ihre Tomatensuppe, verfeinert mit saurer Sahne. Als Nachtisch bereitete sie gerne einen besonders wohlschmeckenden Griesbrei zu.

Opa legte ständig eine Hand auf seinen Magen. Wenn seine Schmerzen zu stark wurden, klagte er, »mein Bauch tut mir sehr weh.«

Am 18. Dezember trat der Höhepunkt seiner Schmerzen ein. Seine Haut zeigte eine gelbe fahle Farbe. Der Bauch war gebläht.

Im Laufe des Tages brachte ein Sanitätsauto unseren Großvater in die Deutsche Chirurgie im Hellerupvcj 26. Dort wurde er gleich operiert. Am nächsten Morgen, um 7.15 Uhr, verstarb er. Die Todesursache lautete: »Perforiertes Magengeschwür und Kreislaufversagen«.

Sämtliche verstorbenen Flüchtlinge wurden kremiert und auf einem Hügel außerhalb der Stadt beigesetzt.

9.

Die schönsten Erinnerungen an meine Kindheit und Jugend habe ich an die Zeiten, die ich in Suckschin auf dem Land verbrachte.

Bei meinen Großeltern lag ein dickes Fotobuch. Es hatte das Format A3 und war acht Zentimeter dick. In diesem Buch, ein Foliant, waren Fotos aus aller Welt abgedruckt.

Es waren Bilder dabei, von denen ich mich nicht trennen konnte. Ich konnte nicht aufhören, sie zu betrachten. Beispielsweise der Vesuv bei Neapel und die Ausgrabungsstätten von Pompeji.

Und die Fotos von Afrika. Es gab Bilder von Elefanten und Giraffen. Die langen Hälse beeindruckten mich. Wie hoch mussten die Halswirbel sein, wenn die Tiere im Ganzen sechs Meter hoch wurden? Solche Fragen stellte ich mir.

Diese sepiafarbenen Bilder sind heute noch in mir so stark verankert, dass ich sie vor meinem inneren Auge sehen kann. Ich empfand bei besonders schönen Fotos große Sehnsucht, dort einmal leben zu dürfen.

Stundenlang blätterte ich darin, saß am Tisch, stützte den Kopf in beide Hände und prägte mir die Bilder ein.

Weil Omas Gerichte so gut schmeckten, wollte ich selber gut kochen lernen. Stets war ich in der Nähe des Herdes, schon bei der Vorbereitung der Speisen. Sie erklärte mir, was sie tat. Hin und wieder wurde ein Huhn geschlachtet, auf dem Hackklotz im Hof, auf dem auch das Feuerholz gespalten wurde. Zuvor kochte Oma eine große Menge Wasser. Das ausgeblutete Huhn steckte sie fünf Minuten in das kochendheiße Wasser und hielt es an den Füßen. Auf dem Küchentisch lag ausgebreitetes Papier. Jetzt ließen sich die Federn leicht aus der Haut herausrupfen.

Oma zündete etwas Spiritus in einem Metallschälchen an. Über dieser Flamme konnten die feinen Härchen von der Haut abgesengt werden. Mit einem scharfen Messer wurde der Leib von der Brustspitze bis zum Darmausgang geöffnet. Mit der Hand nahm man, recht geschickt, die Innereien heraus. Besonders vorsichtig musste die Leber gehandhabt werden, weil sich in ihr die Gallenblase befindet. Die Galle wird, zusammen mit den dazu gehörenden Gängen, herausgeschnitten und sofort vernichtet.

In der Bauchhaut befanden sich dicke Fettschichten. Was zu viel war, wurde herausgenommen und die Flügelspitzen und Füße abgeschnitten. Das Huhn wurde in einem eisernen Tiegel zusammen mit Salz, vier Pimentkörnern, zwei Petersilienwurzeln und circa fünf Karotten gar gekocht. Als Beilagen gab es Reis, Nudeln oder Salzkartoffeln.

Weil ich alles von Großmutter lernen wollte, wollte ich wissen, wie jeder einzelne Arbeitsschritt funktionierte. Also gab man mir nach circa vier Wochen ein Huhn zum Schlachten. Meine zahlreichen Cousins erzählten die Nachricht weiter. Die Bengels versammelten sich um den Hackklotz, um zu sehen, was nun geschehen würde.

Das Huhn war ein Rodeländerhuhn, braun gefiedert und sehr schwer. Ich hielt es mit der linken Hand an beiden Beinen und an den langen Flügelfedern. Das Huhn lag ganz ruhig. Mit dem handlichen Beil trennte ich mit einem Schlag den Kopf ab.

In diesem Augenblick zog das Huhn die Flügel aus meiner Hand, gleichzeitig flatterte es, flog in die Luft, fiel auf die Erde und kullerte kopflos zum Kartoffelfeld.

Meine Cousins grölten vor Schadenfreude. Das enthauptete Huhn rollte in eine Kartoffelfurche, mindestens 15 Meter weit. Dann blieb es liegen und Cousin Manfred trug es zurück. Ich blieb erstarrt und ohne Worte stehen. Meine Großmutter nahm das Huhn und schüttelte gründlich den Sand aus den Federn. Dann sah sie mich an.

»Christel, zum Hühnerschlachten bist du nicht geeignet. Tröste dich, du kannst so viel anderes, und besser.«

Durch Suckschin floss ein Fluss, der mit seiner Wasserkraft zwei große Kornmühlen im Ort antrieb.

Zur »Weigle-Mühle« führte eine breite Brücke, auf der sich zwei beladene Erntewagen begegnen konnten, ohne sich zu berühren.

Im Sommer wateten wir Kinder gerne barfuß durch das seichte Wasser zur anderen Uferseite. Die Viehherden der Bauern liefen, je näher sie zum Wasser kamen, schneller. Sie soffen genüsslich das kühle, fließende Wasser bis ihre Leiber sichtbar an Umfang gewannen. Hin und wieder standen wir Kinder barfuß am Rand der Furt, um das schnelle Wachstum ihrer Bäuche zu beobachten. Danach trabten sie mit runden Bäuchen und schwingenden Eutern in ihre Stallungen.

Die zweite Mühle stand flussabwärts am Ortsende, Richtung Norden.

Der Name des Flusses lautet »Kladau«. Er fließt bei der Kleinstadt Praust in die Radaune, diese mündet in die Mottlau, die fließt in die Weichsel, die sich mit ihren Nebenarmen in der Danziger Bucht in die Ostsee ergießt.

10.

In der Suckschiner Schule gab es eine Bibliothek. Im Abstand von ungefähr acht Wochen traf eine neue Bücherlieferung ein. Dann ließ Lehrer Lienau meine Großmutter durch mich benachrichtigen, sie könne sich als erste die neue Auswahl ansehen. Meine Großmutter war die eifrigste Leserin im Dorf. Lehrer Lienau kannte ihr großes Interesse an der Literatur nur zu gut.

Einmal kam sie mit einem Buch nach Hause, dem »Ännchen von Tharau«. Dies gab sie mir zu lesen.

Die Erzählung handelte von einem jungen Mann aus Mitteldeutschland. Dieser ging auf die Walz und kam nach Ostpreußen in das kleine Städtchen Tharau. Dort verliebte er sich in das Ännchen. Daraufhin dichtete er das bekannte Volkslied »Ännchen von Tharau ist's, die mir gefällt ...«

Der Inhalt dieses Buches gefiel mir außerordentlich gut. Es war die erste kleine Liebesgeschichte, die ich las.

Im Nachbarhaus meiner Großeltern lebte Onkel Otto mit seiner Familie. Er war der jüngste Bruder meiner Mutter. Verheiratet mit Tante Frieda, eine geborene Albrecht, die aus dem Ort Sankt Albrecht stammte.

Ihre sechs Kinder waren Gisela, Manfred, Günter, Inge, Liselotte und Fritz. Bevor Fritz geboren wurde, kam Georg auf die Welt, der noch im Kindbett verstarb.

1940 kaufte Onkel Otto eine Voigtländer-Mittelformatkamera. Die Filme waren 6 cm x 9 cm Negativfilme auf

Holzspulen gewickelt.

»Wenn du willst, kannst du mal in die Dunkelkammer mitkommen«, sagte Onkel Otto eines Tages zu mir. Er wusste, dass ich mich dafür interessieren würde.

Auf einem Tisch standen mehrere viereckige Schüsseln nebeneinander. Darin befanden sich Flüssigkeiten, durch die er den zu entwickelnden Film zog. Rauf und runter. Danach durch die nächste Flüssigkeit, solange bis die letzte Flüssigkeit den Film klar entwickelte. Dann wurde der Film geteilt und mit Klammern an einer Leine zum Trocknen aufgehängt.

Nach einer Weile konnten die Filmstreifen abgenommen werden. Unsere Augen gewöhnten sich schnell an das schwache blaue Licht in der Dunkelkammer. In einem besonderen Bearbeitungsverfahren wurden die Negativfahnen auf Papier übertragen. Natürlich waren die Bilder noch immer nicht fertig. Der schmale weiße Rand musste mit einem speziellen Schneidegerät verschönt werden. Alle vier Seiten mussten gleichmäßig sein, so dass jede Ecke jeweils die richtige Spitze zeigte.

Ich war fasziniert.

Am Abend kehrte ich ins Haus meiner Großeltern zurück und erzählte begeistert von diesen Erfahrungen.

11.

Das Schulgebäude in Kopenhagen war wie ein antikes Atrium erbaut. Das Tageslicht fiel durch ein Glasdach. Drei Meter breite Galerien führten zu den Zimmern. Weiß lackierte Brüstungen sicherten die Menschen. Diese Architektur erinnerte mich an das Kaufhaus »Sternfeld« in Danzig.

Stundenlang stand ich, wie an einer Schiffsreling, im ersten Stockwerk und blickte hinunter.

Die riesengroße Bodenfläche bestand aus durchsichtigen Glasbausteinen. Darunter befand sich ein Schwimmbad, in dem ich von oben die Menschen schwimmen sehen konnte.

Jeder Tag verlief genauso wie der vorhergehende. Immer verspürte ich starke Gefühle. Zuerst war es die Angst gewesen, dann, als wir uns in Sicherheit befanden, entfaltete sich die unerträgliche Sehnsucht nach der Heimat.

Am 5. Mai endete der Kriegszustand in Dänemark. Wir Flüchtlinge erhielten von einem Tag zum Nächsten den Status der »Internierten Menschen«. Praktisch änderte sich für uns gar nichts.

Ich stand täglich am gleichen Platz der Galerie. Bereits am Morgen stellte ich mich dort auf, niemals sprach mich jemand an.

Mein Magen schmerzte und der Hunger war mein ständiger Begleiter.

An der Schmalseite der Galerie gab es fünf Meter breite Stahlbecken mit mehreren Wasserhähnen darüber. Plötzlich erkannte ich einen tropfenden Wasserhahn. Ich ging hin und ließ meinen Mund mit fließendem Wasser füllen.

Der nagende Schmerz im Magen ließ gleich nach. Sofort ging ich zu meiner Schwester und sagte, »Ulli, nimm deinen Löffel und komm heraus. Trink jetzt mit dem Löffel Wasser.«

Seit diesem Tag tranken wir täglich das lebenserhaltende Wasser. Leider war unsere Mutter dafür nicht zu begeistern.

Die Tage blieben eintönig, monoton, langweilig, in Sehnsucht nach Freiheit. Niemals hatten wir das Gebäude verlassen können. Es war, als wäre man in einem schönen Gefängnis eingesperrt.

Die einzige Abwechslung war der Konfirmationsgottesdienst, der am Sonntag, dem 30. Mai 1945, im großen Schulsaal stattfand. Alle Konfirmanden, die zur Osterzeit in der Heimat eingesegnet worden wären, konnten sich in der Verwaltung melden. Ich gehörte auch zu dieser Gruppe. Mein weißes Konfirmationskleid hatte ich im Rucksack mit auf die Flucht genommen.

Ein Pastor sprach in akzentfreier deutscher Sprache jedem Konfirmanden ein persönliches Bibelwort zu. Mein Konfirmationswort aus Psalm 26,8 lautete: »Ich habe lieb die Stätte Deines Hauses und den Ort, da Deine Ehre wohnt.«

Jeder von uns erhielt ein Neues Testament nach der deutschen Übersetzung Martin Luthers, gedruckt in Nordamerika von den »Vereinigten Gesellschaften zur Ausbreitung der Heiligen Schriften«.

Am Nachmittag nach der Konfirmation veranlasste die Lagerleitung, jedem Konfirmanden eine Sonderration Essen zu schenken. Mir wurden auf einer Untertasse drei Pellkartoffeln, von denen zwei faul waren, und eine 15 Millimeter dicke Scheibe Leberwurst, überreicht. Die gute Pellkartoffel und die Wurstscheibe teilte ich mit meiner Schwester Ulli.

Im Mai des Jahres 1946 hörten wir schließlich wohlklingende Neuigkeiten. Die Deutsche Schule sollte aufgelöst werden und zum normalen Schulbetrieb für einheimische Kinder genutzt werden.

Unsere Reise würde also weitergehen.

12.

In Bussen wurden wir Richtung Norden bis nach Helsingör verfrachtet.

Unser neuer Aufenthaltsort beeindruckte uns sehr. Es war das noble Strandhotel Marienlyst, das in einer großen gepflegten Parkanlage am weißen Ostseestrand gelegen war.

In den verglasten Wandelhallen mit prächtigen Kronleuchtern unter einer stuckverzierten Decke blickten alle Menschen mit Zuversicht und freundlichen Mienen in die ungewisse Zukunft.

Unter dieser edlen Ausstattung, direkt in der mindestens sechs Meter hohen Wandelhalle, waren Stockbetten für jeweils vier Personen aufgestellt. Meine Mutter und meine Schwester schliefen in den beiden unteren Betten, ich schlief gerne oben. Im vierten Bett lagerte unsere kleine Habe.

In der gleichen Halle, direkt neben uns, waren unser Onkel Otto und seine Frau Frieda, mit ihren sechs Kindern untergebracht. Die Familie war mit uns zusammen aus Suckschin geflohen, aber nach der Überfahrt mit der Urundi in einem anderen Lager unterkommen. Als sie nach Marienlyst verlegt werden sollten, veranlasste Onkel Otto bei seiner Lagerleitung, dass die Familie seiner Schwester Hedwig Klatt ebenfalls dort hinkommen sollte.

Onkel Otto war gewieft. Wenn er sich etwas vornahm, dann setzte er es auch durch.

Tante Frieda war zu dieser Zeit schwanger. Eines Nachts

erwachte ich wegen vieler schnellen Schritte und Geflüster. Zwischen den Betten war ein 50 Zentimeter schmaler Gang. Ich beobachtete, dass Tante Frieda von ihrer Taille abwärts in große weiße Tücher eingewickelt war. Zwei Männer hoben sie aus dem Bett und legten sie auf ein fahrbares Krankenbett. Damit wurde sie hinausgefahren. Onkel Otto begleitete sie. Meine Mutter verschlief die Situation.

Später erfuhr ich, dass Tante Frieda noch in derselben Nacht im Krankenhaus eine Fehlgeburt erlitten hatte.

Solange wir uns in Marienlyst befanden, war der normale Hotelbetrieb noch nicht wieder aufgenommen. Wir konnten uns frei in den feinen Parkanlagen verlustieren.

Die Nächte waren nie stockdunkel. Die Sterne funkelten am Himmel, der bei Tage und des Nachts nur selten bewölkt war.

Unsere sechs Cousinen und Cousins lebten wieder um uns. Doch es war immer noch so, man sprach nicht miteinander. Obwohl wir so viele Kinder waren. Niemand sprach mit dem anderen. Auch wir Schwestern sprachen nicht miteinander. Trotz der guten Atmosphäre. Alles war schön!

Die beste Abwechslung war die große Wandelhalle zu verlassen und in den Park zu gehen oder am weißen Sandstrand entlang zu spazieren. Ich betrachtete die Bäume im Park, atmete das Chlorophyll und erfreute mich an den Gerüchen der Natur.

Doch jeder von uns Kindern ging für sich alleine.

Das Hotel verfügte über einen langen Badestrand mit weißem Sand und einer Mole. Es war uns gestattet, zum

Baden und Schwimmen ins Wasser zu gehen. Wir Schwimmer nahmen diese Gelegenheit an den warmen Sommertagen gerne wahr.

Zum Baden trug ich Hemd und Höschen. Niemand hatte einen Badeanzug dabei.

Helsingör befindet sich gegenüber der schwedischen Stadt Helsingborg an der schmalsten Stelle der Öresund-Meerenge. Am Tage sahen wir die dichtbefahrene Uferstraße, bevölkert von Autos, Bussen, Lastwagen und Fußgängern. Nachts leuchteten die Straßenlaternen und die hellen Lampen in den Wohnhäusern.

Unsere Essensportionen erreichten leider noch immer nicht den normalen Sättigungsgrad. Wir waren trotzdem zufrieden.

Nach dem warmen Sommer folgte ein milder Herbst. Im Oktober 1946 endete der Aufenthalt im Luxus für uns endgültig. Der Hotelbetrieb sollte wieder aufgenommen werden. Betrübt nahmen wir Abschied.

Ein Schiff, das zur Beförderung für Passagiere geeignet war, fuhr uns von Helsingör bis zur großen Hafenstadt Århus. Dort mussten wir in Busse steigen. Die Fahrt über das Land zog sich um weitere 120 Kilometer. Wie wir erfuhren, sollte unser neuer Aufenthaltsort in der Stadt Aalborg liegen, weit im Norden Dänemarks.

13.

Unsere neue Bleibe war ein Seefliegerhorst weit außerhalb von Aalborg. Als wir ankamen, wehten kalte raue Winde. Das Gras war braun verwelkt, es war ja mittlerweile Oktober.

Die Wohnmöglichkeiten, die man uns zur Verfügung stellen würde, waren schon von weitem unübersehbar. Es handelte sich um sogenannte »Schwedenbaracken«. Dicht an dicht gedrängt füllten sie ein weites Feld.

In einer Baracke konnten sechs Menschen in Stockbetten schlafen. In der Mitte stand ein eisernes, rundes Öfchen, das mit Torf befeuert wurde. Der Rauch wurde durch ein Rohr geleitet und zog nach draußen ab. Die Raumtemperatur reichte nie aus, um sich aufzuwärmen. Ich fror ständig.

Unsere Mutti suchte einen Feuerhaken, doch es gab keinen. Sie fand stattdessen einen Stock, mit dem sie die Torfstücke im Ofen bewegte und am Glühen hielt. Die Strohsäcke, auf denen wir schliefen, bestanden aus Krepppapier, auf dem bereits vorher Menschen übernachtet hatten.

Die Wände bestanden aus Holzpanelen. In den Zwischenräumen hausten Wanzen. Sie lebten bereits dort, bevor wir ankamen, und sie hatten großen Appetit auf frisches Blut. Die schlimmsten Quälgeister sollten für mich die Bettwanzen werden.

An jedem Morgen erwachte ich mit Quaddeln auf Handrücken und unbedeckten Armen. Mein Hals und mein

Gesicht zeigten die dicksten Blutzapfstellen.

Jeder Biss erzeugte Juckreiz, außerdem gaben meine allnächtlichen Blutsauger einen bittersüßen ekligen Geruch ab. Im Laufe des Tages flachten die Quaddeln dann wieder ab.

Ich fing an, gezielt nach dem Ungeziefer zu suchen. Die meisten Wanzen fand ich in den Seitennähten des Strohsacks, auf dem ich die Nächte verbrachte.

Ich konnte sie nur plattdrücken und sah, wie mein Blut aus ihnen herausspritzte. Ich musste mich damit abfinden.

14.

Im Lager waren wenige Menschen draußen. Nur wenn es notwendig war, zum Essen zu gehen oder die Toilette aufzusuchen, verließen die Bewohner ihre Baracken.

Wenn ich vor die Hütte trat, sah ich oft eine Frau, die in einen langen weißen Mantel gekleidet, wie ein Gespenst über das Gelände streifte. Die Einsamkeit war ihr im Gesicht anzusehen.

Eines Tages, als ich im Lager umherschlenderte, sprach mich ein Junge aus einer Nachbarbaracke an, der traurig vor seiner Unterkunft saß.

»Christel, willst du dich nicht zu mir setzen. Ich möchte mit dir reden.«

»Nein«, sagte ich und lief weiter.

Ich wusste nichts anderes zu antworten.

Ein andermal ging ich zur »Salbenbaracke«, um nach einem lindernden Mittel gegen meine Wanzenstiche zu fragen.

Die verantwortliche Schwester hieß Edith und kam aus dem Diakonissen-Mutterhaus in Berlin-Dahlem, Clayallee. Leider konnte sie mir nicht weiterhelfen. Die Wanzenstiche mussten nach ein paar Stunden von selbst wieder abschwellen.

Schwester Edith war ebenfalls auf der Flucht. Sie redete mehr als die anderen Menschen im Lager zusammen. Selbst wenn nur sachlich gesprochen wurde. Ihre

Ausstrahlung war sehr liebevoll.

Anstatt mir eine Salbe zu verabreichen, stellte sie mir eine Frage.

»Christel, ich denke, für dich wäre es ganz gut, wenn du hier mitarbeiten könntest. Du kannst mir etwas helfen. Ich zeige dir das. Was denkst du darüber?«

»Ja, gerne!«, sagte ich. »Dann habe ich ja was zu tun.«

Ich blieb gleich da. Ich durfte Salbe abfüllen für die Menschen, die mit Krätze infiziert waren. Sie brachten ihr leeres, ehemaliges Niveadöschen mit. Dieses wurde mit der passenden Salbe vollgestrichen. Die Arbeit war sehr leicht für mich.

»Christel, du wirst mal eine gute Krankenschwester«, sagte Schwester Edith zu mir.

Es gab auch Zinksalben für offene Beine. Besonders Frauen waren mit Geschwüren an den Unterschenkeln behaftet. Auch sie erhielten ihre Salben. Nach wenigen Tagen kamen sie, um die trockene Haut an den äußeren Rändern der Wunde abheben zu lassen. Mit einer Pinzette begab ich mich in die Hocke, um die Schorfstücke abzunehmen. Keiner der Patienten äußerte irgendeinen Wehlaut.

Allerdings schmerzte meine Seele. Mir tat es weh, wenn ich den Schorf abnahm.

Dann trug ich neue Salbe auf. Die Wunde wurde mit Mull abgedeckt und mit einer elastischen Binde um das Bein verbunden. Das durfte ich mehrere Male übernehmen.

Schließlich sagte Schwester Edith, »Christel, ich dachte, du könntest das weiterhin tun. Ich beobachte dich. Bei so viel Mitleid, wie du mit den Patenten hast, kannst du diese Arbeit nicht weiter durchführen. Es wäre auch kein Beruf für dich. Es ist für dich nicht gut, wenn du weiterhin noch hier mithilfst.«

Ich war darüber sehr traurig. Ich weinte. Ich war ungenügend. Unzureichend für diesen Beruf.

Schwester Edith tröstete mich. Sie hätte mich sehr gerne behalten.

In den Toilettenanlagen fehlte jede Hygiene. Es gab Toiletten mit Trennwand, aber auch einige, in denen jegliche Abgrenzung zum Gegenüber fehlte.

Sehr viele Menschen infizierten sich mit der Krätzmilbe, die auf den Holzbrillen haftete. Die weibliche Milbe gräbt bis zu zehn Millimeter lange Gänge in die Oberhaut. Zehn bis dreißig Tage nach der Infektion beginnt ein starkes Jucken.

Wenn ein Sitz durch frisch gelegte Milbeneier infiziert und noch warm ist vom letzten Nutzer, ist die Gefahr am größten.

Wir achteten darauf, die Toiletten zu benutzen, wenn wenig Andrang herrschte. Die meisten Menschen gingen zu den Toiletten mit Sichtblenden. Wir suchten lieber den Teil ohne Trennwände auf. Dort waren viel weniger Benutzer.

Gott sei Dank, Mutti, meine Schwester und ich blieben von der Krätze verschont.

Es gab auch einen Waschraum mit mehreren Waschbecken und Hähnen. Das war eine saubere Einrichtung. Wir badeten nicht. Es gab auch keine Duschmöglichkeiten.

Auf dem riesigen Areal stand ein sehr großes und hohes Mehrzweckgebäude aus Holz. Eine Großküche versorgte sämtliche Bewohner.

An einem langen Ausgabeschalter erhielt jeder einen gefüllten Teller Essen. Jeden Tag gab es dasselbe, »Mangoldsuppe mit viel Flüssigkeit«.

Ich trauerte unserem Heimatessen nach. Die saure Sahne zur Verfeinerung fehlte im Kantinenessen total.

Trotz der wenigen Kalorien blieben wir am Leben. Während des Winters 1946/47 fiel im Norden Dänemarks weniger Schnee als wir aus unserer Danziger Heimat gewohnt waren. Somit überstanden wir den Winter in unserer Baracke und wärmten uns am kleinen Kanonenöfchen.

Im Lager gab es auch einige Künstler. Mehrere von ihnen waren Schauspieler und Sänger. Sie kannten immer noch ganze Passagen aus Theaterstücken auswendig. Also gründeten sie eine Theatergruppe.

Man beschloss, die Operette »Boccaccio« des österreichischen Komponisten Franz von Suppé einzustudieren und aufzuführen.

Im großen Speisesaal hörten wir, dass nach Mädchen für das Ballett gesucht wurde. Ich meldete mich. Es gab eine große Anzahl an Bewerberinnen.

Wir wurden vermessen. Die Tänzerinnen mussten genau 1,65 Meter groß sein. Alle mussten schlank sein, aber es waren sowieso alle schlank. Ich besaß genau die Maße, die gefragt waren. Als ich erfuhr, dass ich zu den 12 ausgewählten Ballerinen gehörte, war ich überglücklich.

In den nächsten Tagen wurden uns die Schuhe angemessen. Mit diesen neuen passenden Schuhen an den Füßen begannen die Übungsstunden. Es herrschte straffer Drill bei den Proben.

Unsere Garderobe bestand aus einem weißen Blüschen, einem schwarzen Röckchen, weißen Söckchen und schwarzen Lederschuhen mit einem Riemchen und kleinem Blockabsatz.

Ein gemischter Chor mit ausgebildeten Stimmen sang zur großen Begeisterung des hocherfreuten Publikums. Der Tenor war ein Sänger aus dem Ensemble des Danziger Staatstheaters. Eine Gesangszeile blieb mir bis heute in Erinnerung. Ein Liebhaber singt: »Heut komm ich zu dir, oh bella Fiametta, öffne die Tür, sei gnädig zu mir«.

Nach diesem heiteren Ereignis summten oder sangen Menschen auf dem Wegen diese Leitmelodie. Die allgemeine Stimmung beflügelte uns Lagerinsassen für kurze Zeit. Das Schweigen aber bestand weiterhin. Es lebten noch immer Tausende Menschen auf dem riesigen Areal zusammengepfercht, aber jeder blieb mit seiner Einsamkeit alleine. Wie ferne Abbilder ihrer selbst schlichen die Menschen stumm über das Gelände.

Eines Tages gab es einen großen Aufruhr in der Nähe unserer Baracke. Aufgeregte Menschen sammelten sich bei der Kläranlage.

Im Becken schwamm eine ertrunkene Person.

Es war die einsame Frau in ihrem weißen Mantel, die ich so oft beobachtet hatte.

15.

Onkel Otto lebte mit seiner Familie in einer anderen Baracke. Bei uns kam er nie vorbei. Ich ging aber hin und wieder zu seiner Familie.

Über die Lagerleitung hatte er es fertig gebracht, eine neue Idee durchzusetzen; er wollte Damenschuhe schnitzen und herstellen.

Er erhielt das passende Lindenholz, das sich zu einem Keilabsatz schnitzen ließ. Für die Sohle verwendete er breite Leistenstäbchen. Um diese Holzstückchen aneinander zu bringen, benutzte er Lederriemen. Darüber befestigte er anstatt Leder dicken Stoff aus ehemaligem Militärtuch.

Er arbeitete auch für mich solche Schuhe. Die schönsten Schuhe verkaufte er an interessierte Abnehmer. Onkel Otto war sehr fantasievoll und geschäftstüchtig.

Ich sah ihm bei der Arbeit zu.

»Na, wie geht's dir?«, fragte er knapp, wenn ich mich zu ihm setzte.

»Na ja, immer so weiter ...«, murmelte ich ausdruckslos.

Dann verstummten wir wieder.

Auch Tante Fränze und ihre Kinder trafen wir in Aalborg wieder.

Unser Cousin Kurt arbeitete in der Lagerschmiede und lernte den Beruf Schmied. Ich weiß bis heute nicht, wo sich diese befand, allerdings war das Lager ja auch so riesig groß.

Onkel Ottos große Familie gehörte zu den ersten Flüchtlingen im Lager, die eine Ausreisegenehmigung erhielten.
Dazu erhielten sie eine Aufenthaltsgenehmigung für
einen Ort im Schwarzwald. Die Lagerverwaltung war
ihm besonders behilflich. Wir verließen das Lager lange
nach ihnen.

16.

Als wir noch in Danzig lebten, verbrachte ich meine Schulferien regelmäßig bei meinen Großeltern auf dem Lande. Während dieser Zeit brachte Großmutter mir das Beten bei, erzählte mir von der Geschichte der einzelnen deutschen Königtümer und Fürstenreiche und las mir viel aus der Bibel vor.

Nach dem Mittagessen legten Oma und ich uns zum Mittagsschlaf ins Bett. Zuerst betete sie mit mir stets das Vater Unser, danach schliefen wir beide ein. Nach etwa einer Stunde erwachten wir erfrischt für die zweite Tageshälfte. Oma trank gerne Bohnenkaffee mit etwas Milch und ich trank am liebsten nur Milch. Wenn die heiße Milch nach einer Weile etwas abgekühlt war, bildete sich auf der Oberfläche eine Haut. Die hob ich mit dem Kaffeelöffel ab, um diesen sahnigen Geschmack zu genießen. Wenn der Sonntagskuchen gegessen war, stellte Oma Kleingebäck auf den Tisch. Sie aß gerne »Thorner Katharinchen« oder Butterkekse. Alles was Oma auf den Tisch stellte, schmeckte vorzüglich.

Oma und Opa sprachen miteinander plattdeutsch.

»Ich möchte so gerne auch plattdeutsch sprechen!«, sagte ich eines Tages.

Danach sprach Oma für mich wegweisende Worte, »ach Kind, du wirst einmal in die große weite Welt kommen.«

Ich hörte mit offenen Ohren zu.

»Wo du einmal hinkommst, wird überall deutsch

gesprochen. Denn alle Kinder in den anderen deutschen Ländern lernen aus der gleichen Fibel. Und wenn du einmal nach Bayern kommst oder nach Baden oder nach Hessen oder nach Sachsen, überall wirst du verstanden.«

Über Deutschlands Grenzen hinaus fehlte damals die Vorstellung. Aber sie sollte Recht behalten.

Inzwischen trat das Internationale Rote Kreuz in Aktion. Im Frühjahr 1947 bestand die Möglichkeit, vorgedruckte Suchkarten mit dem Namen des gesuchten Angehörigen beschriftet abzugeben.

In der Lagerverwaltung saßen mehrere Mitarbeiter des Roten Kreuzes. Sie bearbeiteten die Suchanzeigen.

Wir füllten eine Karte mit unseren Namen und unserer vollen Heimatadresse und dem letzten Einsatzort unseres Vaters aus. Diese reichten wir zur Weiterleitung ein.

Es dauerte mehrere Monate, bis wir endlich Antwort erhielten.

Vater war in Italien in britische Gefangenschaft geraten. Interniert wurde er in Deutschland in Munsterlager, in einem britischen Kriegsgefangenlager in der Lüneburger Heide. Von der schönen Landschaft hatte er nicht viel. Auch dort waren alle Insassen unterernährt und lebten hinter Stacheldraht.

Irgendwann wurden die Gefangen zu teuer. Sie durften ebenfalls Suchanzeigen nach ihren vermissten Familienmitgliedern aufgeben.

Wir konnten Vater noch nicht wiedersehen, aber wir wussten, dass er am Leben war und wo er sich befand.

Schließlich erhielt Vater Wohnraum in Wildflecken zugeteilt und wurde aus dem Lager entlassen. Dort gab es ein ehemaliges Munitionslager. Die Häuser, in denen zuvor die Mitarbeiter wohnten, wurden nun Flüchtlingen zur Verfügung gestellt.

Er erhielt Arbeit in seinem Beruf als Tischler und gleichzeitig eine Wohnung mit zwei Wohnräumen.

Wir erhielten wieder Nachricht. Nun, da er einen Wohnsitz hatte, konnten wir innerhalb weniger Wochen zu ihm kommen.

Mit dieser Gewissheit lebten wir in Hochstimmung. Der Seefliegerhorst verfügte über einen Gleisanschluss mit einem kleinen Bahnhof.

Am Dienstag, dem 8. Juli 1947, gingen wir nach dem letzten Frühstück im Gemeinschaftshaus zu den Gleisen am Rande des Lagers. Von Aalborg fuhren wir über Arhus, Hörsens, Vejle bis Kolding. Die Personen-Waggons in dem Zug glichen denen der 3. Klasse in Deutschland. Die Sitzbänke und die Lehnen, die bis zur Schulter reichten, bestanden aus Holzleisten.

Zur Stunde unserer Ankunft in Kolding versank die Sonne. Nach dem Abendessen belegten wir für weitere drei Tage Stockbetten. Wir wurden in Kolding gut verpflegt und zusätzlich täglich gegen Ungeziefer gründlich behandelt. Sicher war den Verantwortlichen bekannt, dass wir aus den verwanzten Baracken in Aalborg kamen.

Am Samstag, dem 12. Juli, fuhr ein deutscher Zug mit uns über die Grenze in Richtung Flensburg. Die Beschriftung, die auf der Bahn und auf den Bahnhöfen angebracht war, lautete jetzt »Deutsche Reichsbahn«.

Der Zug hielt immer dann, wenn Flüchtlinge an ihrem Zielbahnhof aussteigen konnten. Wir fuhren auf Umgehungsstrecken, da die Großstädte unpassierbar waren.

Am Mittwoch hielt der Zug in Gemünden am Main in

Unterfranken. Der ursprünglich sehr lange Zug war inzwischen um viele Waggons kürzer. Auf einem Nebengleis entstiegen sämtliche Reisende dem Zug, der Bahnhof war nicht mehr zu sehen.

Wir betraten eine sehr große Halle, in der wieder einmal nur Stockbetten standen. Nach dem Abendessen waren wir dankbar, uns ausstrecken zu können. Unter warmen Decken, auf denen noch der Aufdruck »Deutsche Wehrmacht« zu lesen stand, schliefen wir ohne Störungen bis zum Morgen.

Wir erwachten frisch und erholt. Die helle Morgensonne schien durch schmale Fenster. Ich war neugierig und trat durch das große Tor in den neuen Tag.

Die Luft war milde, ich ging ein Stück neben dem Gleis entlang. Den Schienen gegenüber, auf dem Bahndamm, wuchsen Waldhimbeeren. Ich probierte. Sie waren vollreif, zuckersüß und mit feinem Aroma. Ich bückte mich, pflückte eine handvoll und lief zu Ulli. Ich zog sie vor die Halle und hielt ihr meine gefüllte Hand vor ihr Gesicht.

»Iss«, war alles, was ich sagte. Sie aß. Doch wir hatten keine Zeit zusammen zurück zu den Sträuchern zu gehen, in wenigen Minuten wurde das Frühstück ausgegeben.

Als wir nach dem Essen aus dem Speisesaal kamen, nahmen wir auch unsere Mutter mit. Leider fehlten uns Gefäße, in die wir die köstlichen Früchte hätten füllen können. So aßen wir das edle Obst, das uns geschenkt wurde, am Waldrand.

Vom Landratsamt in Brückenau, Abteilung Flüchtlingsamt, hatte unser Vater in Wildflecken die schriftliche Nachricht erhalten, dass er in Gemünden seine Familie abholen konnte.

Der Zug aus Wildflecken traf am Nachmittag an der Bedarfshaltestelle ein. Wir erkannten ihn sofort, ebenso wie Vater uns sogleich entdeckte. Nie zuvor erlebte ich so große Freude. Es war ein herzerwärmendes Empfinden.

Vater umarmte uns.

»Ach, Kindchen. Ja. Schön, dass ich Euch jetzt wieder hab ... Meine Mädchen ... Meine Mädchen ...«

Mehr sagte er nicht, er war vor Freude gerührt.

Mutti schwieg. Es wurde nicht viel gesprochen.

Am Samstagvormittag fuhr der Zug mit nur noch drei Waggons Richtung Jossa. Unterwegs hielt er für weitere Aussteigende. Zuletzt kamen wir vier Flüchtlinge als ganze Familie in Wildflecken/Muna an.

Hier endete die Bahnlinie und ebenso die Trennung von unserem Vater und unsere Flucht.

Auf der Fahrt unterhielten wir uns nicht. Fragen zur Vergangenheit wurden nicht gestellt. Wir wollten alles hinter uns lassen und nicht mehr daran denken.

17.

In der Familie wurde weiterhin wenig gesprochen. Vater ging jeden Morgen in die Tischlerwerkstatt, kam zurück zum Mittagessen und ging wieder arbeiten.

Im August 1947 wurde ich 17 Jahre alt. Ich war nicht mehr schulpflichtig. Dabei wäre ich so gerne noch in die Schule gegangen. Aber ich durfte nicht.

Ich bemühte mich, eine Ausbildungsstelle in der Kreisstadt Brückenau zu bekommen. Im Arbeitsamt wurde ich jedes Mal abgeschmettert.

»Ja, weißt du denn immer noch nicht, du kriegst keine Ausbildungsstelle von uns! Du bist ein Flüchtlingskind! Unsere Ausbildungsstellen bekommen nur die schulentlassenen Kinder in Brückenau!«

Ich ließ nicht nach. Drei Wochen später fuhr ich wieder hin.

»Gibt es jetzt vielleicht doch noch was für mich? Ich möchte alles lernen, alles was es gibt. Ich möchte etwas lernen!«, sagte ich bestimmt.

Auf einmal sagte die Dame: »Ja, heute habe ich was für dich. Der Schneidermeister sucht einen Lehrling.«

Ich nahm die Karte, die sie mir gab und ging voller Hoffnung zum Schneidermeister. Er war anwesend und ich stellte mich vor. Er war ein feiner und nobler Herr.

Wir saßen in der offenen Schneiderstube. In einer Ecke standen zwei Sessel und davor ein kleines Tischchen. Wir unterhielten uns. Er erzählte mir von vielen Dingen und von sich im Besonderen. Seine Kundschaft waren die Offiziere der amerikanischen Garnison und deren Ehefrauen, wie er mir erklärte. Für sie wurden die Kostüme und Blusen und die Galauniformen genäht.

Er siezte mich.

»Sie passen hier richtig hinein. Sie passen in mein Atelier.«

Es wurden noch weitere nette Sachen gesprochen. Ich fühlte mich geehrt. Und beflügelt. Er schien mich tatsächlich für geeignet zu halten!

»Aber bevor ich Sie jetzt einstelle – bitte heben Sie das Bügeleisen auf.«

Ich stand mit Freude auf, ging zum Bügeleisen, griff den Holzgriff und hob ihn mit beiden Händen ein bisschen hoch. Aber nur wenige Zentimeter.

Dann ließ ich das Bügeleisen wieder sinken.

Es war schwer. Ich weiß nicht, wieviele Kilo es wog. Ich weiß auch nicht, wer enttäuschter war – ich oder der Meister.

Meine körperlichen Kräfte waren unzureichend. Zu seinem größten Bedauern konnte er mich nicht einstellen. Dann sprach er davon, dass ich so einen guten Umgangston habe und so ein gutes Deutsch spreche und auch bestimmt ganz leicht Englisch sprechen lernen würde und mein Auftreten sei ganz hervorragend. Er war voll des Lobes für meine Erscheinung.

Aber einstellen konnte er mich nicht.

Es gab für mich keine Arbeitsstelle. Also wurde ich von der Gemeinde Wildflecken abgeordnet, die jungen Schüler, die noch zur Schule Begleitung benötigten von Wildflecken/Muna zu Fuß in den Ort Wildflecken in die dortige Schule zu begleiten. Ins Klassenzimmer durfte ich nicht gehen. Ich wartete draußen, vor dem Schulgelände.

Ich sprach nur, wenn es erforderlich war oder wenn Fragen an mich gerichtet wurden. Ich war ein sehr zurückhaltender Mensch geworden.

Das Schweigen bestand weiterhin.

18.

In Lehmberg stand ein Berg aus Lehm. Oben auf dem Hügel stand ein großes Haus mit Nebengebäuden. Wegen des Berges siedelten sich Menschen an und nannten das Dorf nach dem Berg.

Onkel Max und seine Familie gehörten der Neuapostolischen Kirche an. Jeden Sonntag wurde ein Gottesdienst in seinem Haus abgehalten. Abends nach dem Abendessen war in der großen Stube Gebetsstunde. Die meisten Besucher kamen aus den umliegenden Dörfern.

Als der Werber für den neuapostolischen Glauben unterwegs war und die Dörfer bereiste, war unser Vater auf der Walz. Deshalb blieb er als einziger in seiner Familie evangelisch.

Trotz seiner Position als NSDAP-Ortsgruppenleiter hatten Onkel Max und Tante Meta einen polnischen Knecht. Er hieß Jiho. Er schlief im Dachgeschoss in einem eigenen Zimmer. Die Küche war riesig, ebenso die Essenstafel. Jiho aß mit uns Kindern am Tisch. Er wurde genauso behandelt wie jedes andere Familienmitglied.

Im großen Haus in Lehmberg war viel mehr Platz als bei uns zu Hause in Danzig. Die Familie hatte einen Hund namens Karo. Er war total verfloht.

Alle Kinder wollten ihn füttern. Ebenso meine Schwester Ursula. Sie stellte ihm den Napf zum Fressen hin und streichelte ihn. Danach hatte auch sie Flöhe.

Nach einer Weile verschwanden die Hundeflöhe von selbst wieder, da sich die kleinen Quälgeister auf menschlicher Haut nicht so wohl fühlten wie im Fell des Hundes.

Einmal durfte auch ich Karo das Futter bringen. Mir erging es genauso. Sogleich war ich verfloht. Igitt! Danach ging ich nie wieder zu dem Hund.

Das Dachgeschoss des Wohnhauses war zu zwei Drittel der gesamten Fläche als Schlafräume, auch für Gäste, ausgebaut.

Dort oben gab es eine gemauerte Räucherkammer, genau über dem Küchenherd. Darin hingen im »Wacholderrauch«, der das feinste Aroma ergibt, Gänsebrüste, Schweineschinken, Speckseiten, Leberwürste und Blutwürste, die mit feinem Majoranaroma gewürzt waren.

Neben dem Holzschuppen im Garten stand das gemauerte Backhaus. Zweiwöchentlich backte Tante Meta aus 25 Kilogramm Roggenmehl zehn große runde Brote.

Dieses Brot schmeckte stets frisch, weil es kühl gelagert wurde. Es lag im Brotschrank an der Nordseite des Hauses. Als Triebmittel verwendete Tante Meta jeweils einen Rest des letzten Brotteiges und ließ wieder einen entsprechenden Rest des Teiges, der im Laufe der Woche zum treibenden Sauerteig wurde, zurück.

Zu Hause in Danzig gab es bei keinem Bäcker so ein wohlschmeckendes Brot wie das selbstgebackene bei Tante Meta.

Am Sonntag, den 17. November 1940, wurde in Lehmberg die Goldene Hochzeit unserer Großeltern väterlicherseits gefeiert. Zu dem großen Familienfest reisten auch weitere Verwandte und Freunde an. Im großen Wohnzimmer und in der langen Küche standen Tafeln mit weißem Damast und Porzellan gedeckt. Wir Kinder betätigten uns gerne bei den Vorbereitungen.

Die Küche war sehr groß. Der Herd gemauert und weiß verputzt. Die Seiten betrugen zwei Meter im Quadrat. Die Oberfläche blieb ständig warm und hielt die fertigen Speisen temperiert. Auf dem Speiseplan standen: Klare Fleischbrühe mit Reiseinlage, Gänsebraten, Soße, Rotkohl, Salzkartoffeln und geschmorter Schweinebraten (aus der Keule).

Unsere Tante Meta war eine versierte und begabte Bäuerin. Sämtliche Speisen für diesen einmaligen »Jubeltag« bestanden aus eigenen Erzeugnissen.

In die beiden vorbereiteten Gänse streute sie Majoran, Salz und Pfeffer an allen Seiten in die Innenbäuche. Die Gänsebrust wurde außen nur leicht mit Salz eingerieben. Die Füllung bestand aus Trockenpflaumen, Rosinen und Boskopapfel-Vierteln. Zuletzt wurde der Bauch mit Nadel und Baumwollfaden verschlossen.

Zu Beginn des Bratvorgangs gab Tante Meta einen halben Liter kochendes Wasser in den Bräter. Während des Bratens mussten die Gänse in Abständen von etwa 15 Minuten mit dem ausgetretenen Bratenfett und Bratensaft begossen werden. Das überschüssige Gänsefett wurde abgeschöpft und kaltgestellt. Nachdem die Gänse gut durchgebraten waren, kamen sie auf den Herd zum Warmhalten.

Der zweite Braten war eine Schweineschinkenkeule, die im zweiten Bräter geschmort wurde. Dieser wurde mit Butterschmalz angebraten und mehrmals gewendet, er sollte ja von allen Seiten knusprig braun werden.

Die Zutaten zum Anschmorren bestanden aus vier Karotten, zwei Peterle-Wurzeln, zwei Lauchstangen, Salz, Pfeffer und sechs Pimentkörnern.

Zum feinsten Geschmacksverstärker gehörten getrocknete Steinpilze. Die wuchsen vom Sommer bis in den Herbst hinein im nahen Mischwald mit überwiegend Nadelbäumen. Für den Bratvorgang weichte man die Pilze bereits am Vorabend in kaltem Wasser ein. Zum Braten schnitt man sie in Würfel und erfreute sich am köstlich schmeckenden Schmorbraten. Zum Nachtisch wurde leckerer Vanillinpudding mit Blaubeeren serviert.

Meine Großmutter väterlicherseits hieß mit Vornamen Karoline. Ihr Mädchenname lautete Graumenz. Sie verstarb am 31. Juli 1943 in Lehmberg.

Mein Großvater trug die Vornamen Friedrich Wilhelm. Er verstarb am 21. Dezember 1943, ebenfalls in Lehmberg, nur wenige Monate nach seiner Frau.

Onkel Max und seine Familie gingen später nicht mit auf die Flucht. Als die russische Armee heranrückte, wurde Onkel Max gefangen genommen. Einige Monate zuvor hatte er einen Beinbruch erlitten. Auf dem Weg ins Gefangenlager brach er entkräftet zusammen und wurde erschossen, weil er nicht mehr marschieren konnte. Tante Meta und die vier Töchter lebten nach dem Krieg in der DDR.

Die einzige Schwester meines Vaters war Tante Auguste. Sie heiratete Walter Olschewski und zog zu ihm nach Emaus, einem Danziger Vorort.

Onkel Walter war Witwer. Aus seiner ersten Ehe brachte er die Tochter Käthe mit in die Ehe.

Tante Auguste liebte und pflegete dieses zarte Mädchen, als wäre es ihr eigenes Kind. Zur Hochzeit erhielt Tante Auguste ihr Erbe aus dem elterlichen Bauernhof ausgezahlt. Damit konnten sie das Haus in der Laubenkolonie »Friedenstal« bauen. Jedes Haus hatte seinen eigenen Stil. Außen bestanden sie aus Holz und innen waren sie verputzt und tapeziert. Zum Haus gehörte eine große Anbaufläche mit fruchtbarer Erde. Auf einem Drittel wurden Kartoffeln angebaut, die zum größten Teil im Herbst eingekellert wurden.

Tante Auguste verfügte über ein großes Wissen für den Anbau von Gemüsen, Obstbäumen und Beerensträuchern sowie für die Pflege des reichen Blumenflors während der milden Jahreszeiten. Ihr Lieblingsobstbaum war die »Gute Luise«, eine sehr wohlschmeckende und aromatische saftige Birnensorte.

Mehrmals im Jahr besuchten wir Tante Augustes Familie. Stets bewirtete sie uns mit ihren Selbsterzeugnissen. Sie ermöglichte es zu jeder Jahreszeit, mehrere Obstkuchensorten zu servieren. Im Keller standen die Weckgläser mit sämtlichen Obstsorten des vergangenen Sommers in Regalen, so dass sie nie in Verlegenheit geriet, wenn unangemeldete Gäste eintrafen. Zu den Überraschungsgästen gehörten auch wir.

Aus Danzig fuhren wir von der Haltestelle »Heumarkt« mit der Straßenbahnlinie 5 bis »Emaus-Friedenstal«. Unsere Cousine Gerda Olschewski war am 20. April 1930 geboren. Seit ca. 1937 trafen wir alljährlich zu Gerdas Geburtstag in Emaus ein. Gleichzeitig galt der 20. April, »Führers Geburtstag«, als nationaler Feiertag. Dessen Geburtstag war der 20. April 1889 in Braunau am Inn, in Österreich.

Von Dezember 1938 bis zum Januar 1939 lag unsere Mutter Hedwig Klatt in einem Krankenhaus in Danzig-Langfuhr. Meine Schwester Ursula und ich wurden bei Tante Auguste und ihrer Familie untergebracht. Unser Vater versorgte sich während Muttis Abwesenheit selbst, er konnte gut kochen.

Am ersten Weihnachtsfeiertag besuchte er uns in der Familie seiner Schwester. Alle freuten sich über dieses Zusammensein.

Tante Auguste tischte den obligatorischen zarten Gänsebraten, der lecker und verlockend duftete, auf. Der Nachtisch bestand aus Schokoladenpudding mit Schlagsahne.

Zur Kaffeezeit kredenzte Tante Auguste ihre köstlichen Kuchensorten. Dazu gehörten Napfkuchen, Räderkuchen, die in flüssigem Fett schwimmend, ausgebacken wurden, sowie Obstkuchen mit Streuseln darüber. Die Früchte waren in ihrem großen Garten gereift.

Tante Auguste und mein Vater hatten in Lehmberg erfolgreich die Dorfschule besucht. Der damalige Lehrer war ein vielseitig begabter und fähiger Pädagoge. Er konnte alle Schüler des Dorfes für das Lernen begeistern. Seine stärkste Befähigung lag wohl in der Musik. An jedem Schultag stand eine Singstunde auf dem Stundenplan. Sämtliche Schüler, von der ersten bis zur achten Klasse, lernten gerne die Lieder, die angestimmt wurden.

Alle Anwesenden waren begeistert, als unsere Tante und unser Vater an diesem Tag Weihnachtslieder anstimmten. Wir sangen zwei Stunden am Stück. Wir fühlten uns wohl und waren alle in Hochstimmung.

Wenige Tage nach dem Weihnachtsfest, am 28. Dezember 1938, war der 5. Geburtstag meiner Schwester

Ursula Klatt. Tante Auguste verstand es, für Ursula eine passende Geburtstagsfeier zu gestalten; alles war gemütlich und liebevoll.

Der prächtig geschmückte Weihnachtsbaum ist in meiner Erinnerung noch heute gegenwärtig. Die Tanne war dicht bei dicht mit edlem Behang geschmückt. Es gab recht große Kugeln, aber auch kleinere; jede einzelne mit einem anderen Dekor bemalt. Außerdem hingen zwischen den Zweigen kleine rote Äpfel, Engel, Trommeln, Trompeten, Glöckchen, Vögelchen und dazwischen jede Menge Lametta.

Eines der Vögelchen war grünlich, mit drei Schwanzfedern; es gefiel mir besonders gut.

Onkel Walter und Tante Auguste waren sehr gastfreundlich; ganz gleich wann wir zu Besuch kamen, es wurde ein großes Fest gefeiert.

Die Familie besaß einen kleinen schwarzen Hund, Peter. Er war zutraulich und bellte niemals. Mit ihm konnte man richtig spielen. Als wir einmal am 20. April in Emaus waren, hatten unsere Cousinen ein Puppenbettchen mit entsprechenden Kissen gepolstert. Das Hundchen ließ sich tatsächlich dort hineinlegen, zudecken und noch eine rote Zipfelmütze aufsetzen. Es hielt still.

Wenige Kilometer entfernt, in Ohra, lebte mein Großonkel Otto mit seiner Familie im Hinterweg. Sie besaßen dort zwei Häuser nebeneinander.

Im Winter war die Radaune zugefroren. Onkel Otto und seine Tochter Lottchen hatten beide das goldene Sportabzeichen erworben. Im Winter fuhren sie auf dem zugefrorenen Fluss auf Schlittschuhen bis nach Danzig und besuchten uns.

Vor der »Schwarzes Meer Brücke« wechselten sie ihre Schuhe und stiegen die Böschung zur kleinen Mennonitenkirche empor. Von dort waren sie in wenigen Minuten bei uns der Grenadiergasse.

19.

Lottchen war die einzige Cousine meiner Mutter. Sie war 15 Jahre jünger als Mutti. Ihre Familie war damals ebenfalls nicht auf die Flucht gegangen.

Nach den Kriegswirren war Lottchen nach Danzig in die Grenadiergasse Nummer 4 gegangen. Dort gab es nur noch Ruinen. Im Hause hing oben an einer Wand die Puppe meiner Schwester am Zipfel ihres Kleides fest. Die Puppe hieß Bärbel und war eine hübsche große Schildkrötpuppe.

Diese Bärbel hatte Ursula immer in den Arm genommen, wenn wir in den Luftschutzkeller mussten.

Einige Jahre später erhielt Lottchens Familie eine Ausreisegenehmigung. Sie zogen zuerst in die DDR. Dort gaben sie eine Suchmeldung auf. Mutti erhielt schließlich Nachricht, dass Lottchen mit ihrem Vater und ihrer Tochter in Ostdeutschland lebten.

In Briefen beschrieb Lottchen uns den Zustand unseres Hauses.

Mein Heimweh blieb dennoch bestehen.

Erst Ende der Siebziger Jahre konnten wir nach Danzig, das mittlerweile zu Polen gehörte, für wenige Tage zurückkehren. Ich hörte von der Möglichkeit, mit dem »Hummelzug« des Reiseveranstalters Hummel dorthin zu reisen.

Meine Familie sagte, wenn ich diese Reise unbedingt unternehmen wolle, na gut, man würde mich begleiten, aber ich müsste alles allein organisieren.

Zur Einreise nach Polen benötigte man ein Visum des Polnischen Konsulats in Köln. Um durch die DDR zu reisen, brauchte man eine Genehmigung. Es galt, zwei Grenzen zu überschreiten.

Meine Mutter reiste aus Wildflecken an, meine Schwester aus Würzburg in Unterfranken, meine Schwägerin Hildegard aus Düsseldorf, meine Schwägerin Käthe aus Berlin, mein Mann Konrad und ich aus Mannheim – wir alle trafen uns in Hannover, wo der Zug zusammengestellt wurde.

Es war ein großes Unternehmen, auch nicht ganz preiswert. Unser Visum hatten wir vom polnischen Konsulat eingeholt. Es gab Klappbetten in den Abteilen, sehr unbequem! Jedes Geräusch, das die Schienen verursachten, übertrug sich bis zur Matratze.

Unterwegs wurde der Zug andauernd gestoppt. Als wir die DDR-Grenze erreichten, wurde der Zug an der bundesdeutschen Seite sofort durchgewinkt. Auf der DDR-Seite durchsuchten unsere deutschen Brüder sämtliche Gepäckstücke und überprüften das Visum. Der Aufenthalt an der Grenze zog sich hin. Man versuchte, sich zur Ruhe zu legen. Irgendwann rüttelte es weiter. Kein Mensch konnte schlafen.

Wir fuhren eine Zeitlang. Die Schienen waren porös. Es wurde hörbar übertragen, an welchen Stellen zwei Schienenstränge zusammengelegt waren.

Irgendwann hielt der Zug unterwegs auf freier Strecke. Für uns Reisende vermeintlich grundlos. Immerhin, man hatte die Gelegenheit, ein wenig zu ruhen. Doch wer nun einschlief, wurde bei der Weiterfahrt wieder wachgerüttelt.

Dann erreichten wir die polnische Grenze. Auf der

DDR-Seite wurde wieder kontrolliert. Auf der polnischen Seite dasselbe. Jedes Gepäckstück wurde durchsucht. Wir wussten nicht, wonach gesucht wurde.

Wir hielten im Hauptbahnhof Danzig. In mir herrschte große Freude. Begeistert sahen wir, dass der Hauptbahnhof den Krieg unbeschädigt überstanden hatte. Innen war alles so wie zur deutschen Zeit. Die Schalter waren noch genauso eingerichtet wie bis zum Kriegsende.

Zu allererst gingen wir zu Fuß in die Grenadiergasse. Unsere Enttäuschung war riesig. Das Grundstück war leer geräumt. Sämtliche Ziegel der Trümmer waren abgetragen worden. Ich war stark bewegt. Auf dem Grundstück stand nur eine Bretterbude — ein Schuppen, in den irgendwelche Nachbarn ihre Utensilien unterstellten. Bei Hausnummer 5 und 6 war es dasselbe. Die anderen Häuser der Gasse waren unzerstört geblieben.

In der Altstadt erkannte ich fast alles wieder. Bei der Restauration der alten Gebäude und Wahrzeichen war sehr gute Arbeit geleistet worden.

Trotzdem — es kam mir ein wenig vor wie potemkinsche Dörfer. Nur Fassade. Die Menschen, die ich auf der Straße sah, hetzten alle. Sie waren alle untergewichtig. Die Gesichter waren traurig.

Auch die Markthalle war wieder wie früher hergerichtet worden. An einem Wochentag gingen wir hinein. Es sah dürftig aus. Ich weiß noch, wie es dort vor dem Kriegsende aussah; die Fleischer und die Bäcker und der Gemüsehandel, sie alle hatten Stände, auf denen sich die Waren türmten. Hinter sich hatten sie gefüllte Kisten stehen. Wenn die Ware auf der Theke verkauft war, wurde von hinten neue Ware aufgehäuft. Und es wurde gekauft. Es war ein feiner Duft, es war frisch, es duftete nach allen Angeboten; immer appetitlich.

Jetzt waren die Theken fast leer. Mitten am Tag wurden nur noch einzelne Kilo ausgelegt. Es gab nicht mehr anzubieten.

In Lehmberg standen noch immer die großen Linden-bäume in der kleinen Dorfstraße. Wir kamen an einem Haus mit einem kläffenden Hund vorbei. Er ging an den Zaun und machte sich bemerkbar. Ich filmte ihn mit meiner Super-8-Kamera.

Die polnische Hausherrin kam auf mich zu und be-grüßte mich. Sie lud uns sogleich zum Essen ein. Die Tochter fuhr schnell mit dem Fahrrad ins nächste Dorf und kaufte ein, um uns zu bewirten.

Die Familie konnte gebrochen deutsch sprechen. Es war an Pfingsten. Sie tischten uns auf! Wurst und Brot und Butter!

Die Tochter konnte ein verständliches Deutsch sprechen. Sie erzählte uns von dem Anwesen von Onkel Max und unseren Großeltern väterlicherseits. Nach dem Krieg wurde in dem Haus ein Tanzlokal eingerichtet. Junge Menschen kamen aus den umliegenden Orten. Eines Nachts brach der Fußboden ein und das ganze Haus stürzte zusammen. Viele junge Menschen starben.

Danach wurden alle Ziegel abgetragen. Wer nicht wusste, dass dort einst ein Haus stand, erkannte nichts mehr davon.

Unser Vater war nicht auf die Reise mitgekommen. Er hatte Angst zu sehen, was aus seiner Heimat und im Besonderen aus seinem Heimatdorf geworden war. Er war ein Naturmensch. Er konnte alle Bäume, alle Tierarten und alle Pflanzen benennen. Er wollte sein Lehmberg in der Erinnerung für sich behalten.

Als wir das Dorf besuchten, filmte ich mit meiner Super-8-Kamera. Ich stellte das Stativ am Dorfteich auf und ließ die Kamera laufen. Im Hintergrund stand eine Schafherde. Als ich mich für einen Moment umdrehte, kamen drei Schafe und warfen die Kamera um. Sie schlug auf den Boden und klappte auf.

Ich dachte, ich könnte den Film nicht mehr weiter belichten. Es war meine letzte Filmrolle. Später dachte ich, ich hätte es doch versuchen sollen. Dann hätte ich noch einmal in den Wald gehen können zum Filmen. Vaters geliebter Wald!

Als wir später einmal bei meinen Eltern in Wildflecken waren, zeigte ich ihm die Lehmberg-Filmrolle, die nicht einmal zwei Minuten Länge hatte. Er war begeistert. Am nächsten Morgen wollte er die zwei Minuten Film wieder sehen. Immer wieder sah er sich, still und in sich versunken, die Impressionen seiner Heimat an.

20.

Bei mir zog sich der Prozess von der Verstummtheit zur Redegewandtheit über Jahrzehnte hin. Bei unserer ersten Danzigreise war ich noch immer sehr verschwiegen. Dafür war ich nach dem Krieg für den Rest meines Lebens nicht mehr ängstlich.

Mein Mann, Konrad Wachowski, hingegen war ein äußerst furchtsamer Mensch. In Danzig mussten wir D-Mark gegen Zloty tauschen. Immer wieder kamen Menschen mit Zeitungen unter dem Arm auf uns zu und flüsterten uns zu. Sie versprachen uns in gebrochenem Deutsch einen »ganz hohen Kurs«, wenn wir bei ihnen Geld tauschen würden. Sie sprachen mehr polnisch als deutsch, aber wir verstanden, was sie wollten.

Konrad wurde unruhig.

»Ich geh zur Bank und tausche da um«, sagte ich. Dann zogen die Männer ab.

Am Langen Markt neben dem Neptunsbrunnen vor dem Artushof stand ein Fernsehteam vom WDR.

»Ach ja, ich kenne Sie ja vom Fernsehen!«, rief meine Schwägerin Hildegard freudig aus, als sie den Moderator erkannte. »Gucken Sie mal ... da treffen wir uns hier in Danzig!«

Der Moderator war ebenfalls sehr erfreut. Er ließ sich von seinem Kollegen seine Autogrammkarte reichen. Diese war allerdings so glänzend, dass sie mit keinem Kugelschreiber oder Bleistift beschriftet werden konnte.

»Es gibt einen Stift, der für die Karten geeignet ist«, sagte der bekannte Fernsehmann, als er aufgeregt die Taschen seines Jacketts untersuchte. »Ich muss ihn irgendwo haben!«

Ruhelos durchwühlte er seine Arbeitstasche, wieder erfolglos.

»Es gibt einen Stift«, erklärte er, »wenn man den ein bisschen anfeuchtet, dann schreibt der auch auf diesem Papier!«

Schließlich fand er ihn. Es war ein kurzer lilafarbener Stummel.

Hildegard freute sich über die lieben Worte, die er nun für »Frau Mockel aus Düsseldorf« auf die Karte schrieb.

Dann sagte ich zu Konrad, »der Turm vom Rathaus steht auch noch. Da könnten wir doch hoch gehen und filmen.«

»Aber doch nicht mit mir«, entgegnete er störrisch.

»Na klar, mit dir! Wir beide steigen jetzt hoch.«

»Ich gehe nicht hoch. Und du auch nicht.« Er sprach langsam und bestimmt.

»Na, hör mal. Ich steige auf den Rathausturm und von oben filme ich.«

Niemand aus meiner Gruppe wollte, dass ich hoch ging. Konrad war seine Nervosität anzumerken. Ich stieg hoch. Leichtfüßig stieg ich die vielen Stufen empor.

Ich filmte auf der Turmspitze, auf der obersten Plattform. Es war etwas windig, um nicht zu sagen stürmisch.

Ich konnte die gesamte Stadt überblicken. Mein Herz klopfte. Neben mir thronten die Türme der Marienkirche. Ich schwenkte die Kamera ruhig. Die Dächer der Bürgerhäuser erstrahlten im Sonnenlicht.

Die Sehnsucht nach Danzig war groß in diesem Moment. Doch ich wusste, dass es nicht richtig war, die

Sehnsucht zu groß werden zu lassen. Wir konnten nicht mehr hier leben. Inzwischen war ich in Süddeutschland beheimatet, hatte eine Tochter und einen Schwiegersohn dort.

Ich konzentrierte mich. Die Aufnahmen sollten scharf werden. Die Belichtung musste stimmen.

Als ich vom Turm herabstieg, war ich voller Eindrücke. Leichten Fußes stieg ich hinab. Alle warteten bereits auf mich. Ich war fröhlich, auch wenn ich spürte, dass mein Heimweh nicht gestillt war.

Ich würde wiederkehren, nach Danzig, in die Heimat.

ANHANG

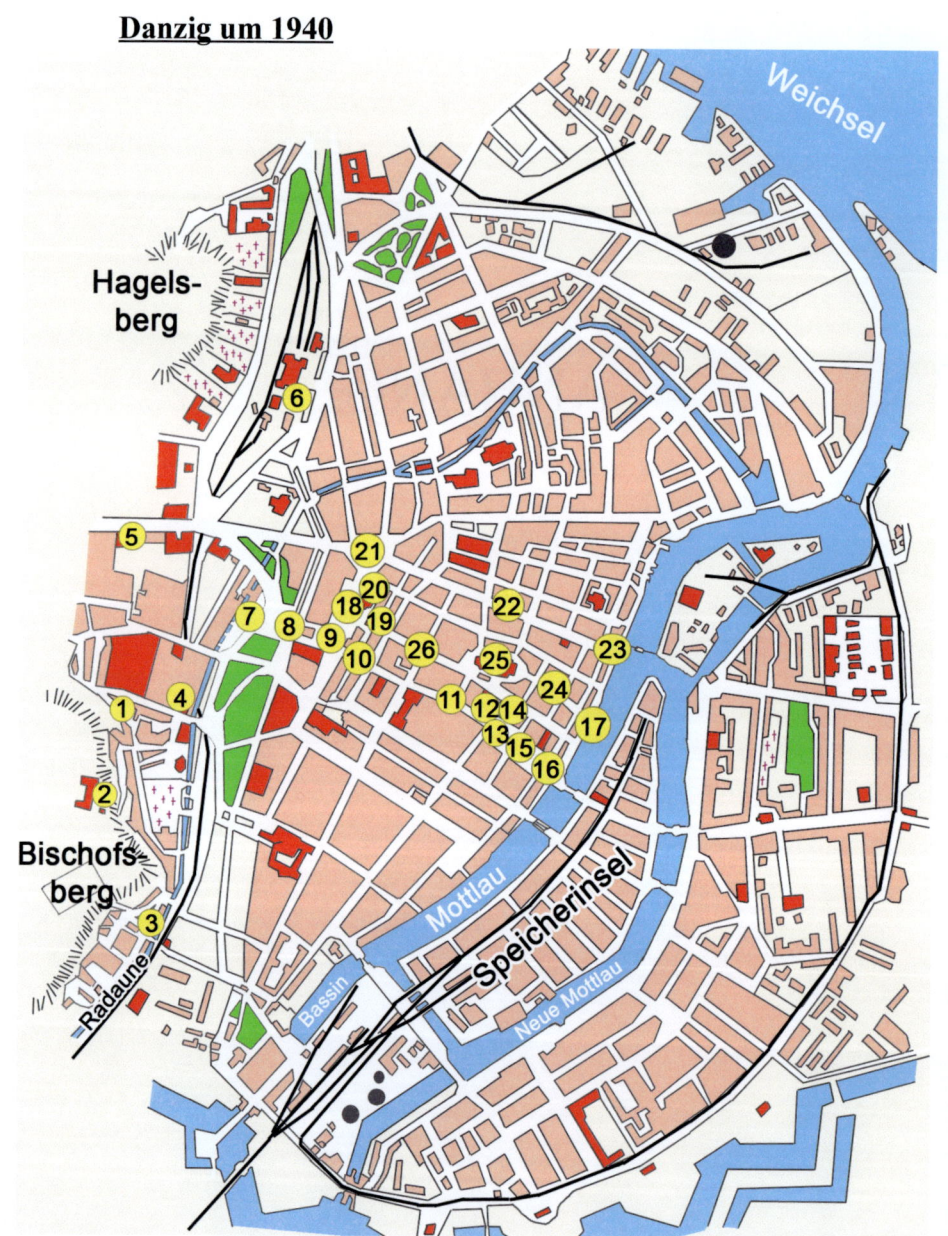

Danzig um 1940

Legende

1. Grenadiergasse 4
2. Paul-Beneke-Jugendherberge
3. Sankt-Salvator-Kirche
4. Volksschule »Schwarzes Meer«
5. Diakonissen-Krankenhaus
6. Hauptbahnhof
7. Heumarkt
8. Hohes Tor
9. Stockturm
10. Langgasser Tor
11. Langgasse
12. Rechtsstädtisches Rathaus
13. Neptunsbrunnen
14. Artushof
15. Langer Markt
16. Grünes Tor
17. Lange Brücke
18. Kohlenmarkt
19. Zeughaus
20. Staatstheater
21. Holzmarkt
22. Breitgasse
23. Krantor
24. Frauengasse
25. Marienkirche
26. Jopengasse

Meine Schwester Ursula und ich auf dem Bischofsberg.

1942 mit unserer Mutter auf dem Bischofsberg.

Vor unserem Haus in der Grenadiergasse.
Oben links: Onkel Adolf, daneben der Bruder von Tante Erna in Uniform. Vorne in der Mitte: unser Cousin Eberhardt

Auf dem Bischofsberg mit neuen dunkelblauen Winter-
mänteln mit Krimmerbesatz. Dazu Gummistiefel und
»Teufelsmützchen« nach der neuesten Mode.

Mit Cousinen in Lehmberg.

Mit Mutti und Cousinen in Suckschin. Sommer 1943.

Am 20. April 1942 in der Laubenkolonie in Emaus.

Von links nach rechts: Unsere Cousinen Gerda und Käthe, ich und meine Schwester. In der Mitte: Hund mit roter Zipfelmütze im Puppenbett.

Unser Vater mit seinem ältesten Bruder Otto vor manns-
hohem Roggenfeld in Lehmberg.

Die Klatt-Enkelkinder.

Oben von links: Irma, Herrmann, Käthe Olschewski
Mitte: Ursula, Alice, Gerda Olschewski, Christel
Unten: Gretel und Käthe

Pfingstfest 1944 in Lehmberg.

Bei Alices Konfirmation.

Zur Goldenen Hochzeit unserer Großeltern väterlicherseits, am Sonntag, den 17. November 1940, reiste eigens
ein Fotograf an. Er arrangierte die Gesellschaft so, dass
jeder gut zu erkennen war. Auf dem Bild sind wir 18
Personen. Unsere Cousine Irma, die das älteste Enkelkind
war, fehlte. Zur Zeit dieser Niederschrift leben noch vier
Enkelkinder: Herrmann Klatt, Gerda Kock, geborene
Olschewski, Ursula Mallü, geborene Klatt, und ich,
Christel Wachowski, geborene Klatt.

Die anwesenden Personen waren von links nach rechts:

1. Reihe, stehend: Otto Klatt, Meta Klatt, Max Klatt, Herrmann
Klatt, Friedrich Klatt, Hedwig Klatt, geborene Kohser, Käthe
Olschewski, Walter Olschewski

2. Reihe, sitzend: Luise Klatt, geborene Klatt (nicht wissentlich
verwandt), Jubilarin Caroline Klatt, geborene Graumenz, Jubilar
Friedrich Wilhelm Klatt und Auguste Olschewski, geborene Klatt

3. Reihe, Enkelkinder: Alice Klatt, Gerda Olschewski, Ursula Klatt,
Käthe Klatt, Christel Klatt

Vorne: Grete Klatt

Linke Seite: Familienfoto in Danzig Sommer 1941.

Oben: Familienfoto in Danzig im Januar 1944, während des Heimaturlaubes unseres Vaters. Er sieht aus, als wäre er um Jahrzehnte gealtert. Seine Uniformjacke bildete Falten.

Eine Deckeldose in Form eines Huhns mit Nest, wie es in unserem Elternhaus auf dem Vertiko stand.

Ein grünes Vögelchen, wie es den Weihnachtsbaum unserer Verwandten in Emaus schmückte.

Grenadiergasse

Mottschall Berta Wwe
Rohde Heinz Arb

3c Lange August Arb
Piontek, Auguste, Ww.
Rosenkranz Robert Inv
Stellmacher Rosa Wwe

3d Döhring Johs Schlosser
Gresens Willi Arb
Petraschke Frieda Bern-
steinschnürn
Petraschke Meta Frau

4 Klatt Friedr Tischler E
Heimowski Gertr Arbtrn
Rach Bruno Schweißer
Wohlfahrt, A., Zimmerer.

5 Dulny,, Emilie, Ww. E
Hintz Jos Beamt
Luecker Fr Werkmstr
Nawloch Juliana Frau
Oschnewski, Anna, Wwe.
Patzke, Emma, Ww.
Stolz Johanna Buchhltrn
Waldhaus J Rentner

Eintrag im Danziger Einwohnerbuch von 1942.

Weihnachtsfest in Wildflecken 1948.

Verlobungsfeier 1950 in Wildflecken. In der Mitte, mein
späterer Ehemann Konrad Wachowski.

Unser Vater mit seinem ältesten Bruder Otto in Wildflecken 1966.

Mein Vertriebenausweis.

Konrad und seine Schwester Hildegard, Ende der 70er Jahre am Ostseestrand bei Zoppot.

Mein Ehemann Konrad und ich am Ostseestrand bei Zoppot.

Vor der Marienburg.

Meine Schwester Ursula und ich heute.

GRIEßBREI
für sechs Portionen nach Großmutters Rezept
(100 Jahre lang erfolgreich erprobt)

Zutaten:
1 Liter Vollmich
5 gehäufte Esslöffel grober Grieß (80 gr.)
2 gehäufte Esslöffel Zucker (40 gr.)
2 Päckchen Vanillinzucker
1 abgeriebene Zitronenschale
   oder 4 Tropfen Zitronen-Aroma
1 Prise Salz
50 Gramm Rosinen
50 Gramm gehackte Mandeln
2 Eier

Zubereitung:

Eigelbe und Eiweiße der beiden Eier in zwei Behältnisse trennen. Zum Eiweiß ein Päckchen Vanillinzucker geben, steif schlagen und in den Kühlschrank stellen.

In einen Topf 50 Gramm Rosinen und 50 Gramm gehackte Mandeln geben. Dazu einen Liter Vollmilch füllen und die Herdplatte einschalten. Den Grieß sowie den Zucker und den Vanillinzucker hineinrieseln lassen, dazu das Zitronenaroma geben. Unter ständigem Umrühren mit dem Schneebesen zum Quellen bringen.

Wenn der Grieß Blasen wirft, den Topf von der Platte nehmen und die Eigelbe dazugeben. Weiter mit dem Schneebesen verrühren. Zuletzt wird der steife Eischnee untergehoben. Den fertigen Grießbrei sofort in Schälchen füllen.

Zur Verfeinerung passen: Himbeersirup, Kirschsaft oder Apfelkompott.

ÄNNCHEN VON THARAU

Ännchen von Tharau ist's, die mir gefällt,
Sie ist mein Leben, mein Gut und mein Geld.

Ännchen von Tharau hat wieder ihr Herz
Auf mich gerichtet in Lieb und in Schmerz.

Ännchen von Tharau, mein Reichthum, mein Gut,
Du meine Seele, mein Fleisch und mein Blut!

Käm alles Wetter gleich auf uns zu schlahn,
Wir sind gesinnet bei einander zu stahn.

Krankheit, Verfolgung, Betrübnis und Pein
Soll unsrer Liebe Verknotigung sein.

Danksagungen

Dieses Buch widme ich meiner Nichte Sabine, Tochter meiner Schwester Ursula, die solange »nachbohrte«, bis ich am 25. Dezember 2007 begann, meine Erinnerungen an Heimat, Flucht und Lager niederzuschreiben.

Mein besonderer Dank gilt den Zeitzeugen, die mir mit Rat und Tat zur Seite standen:

Ehepaar Rudolf Walz (ehemals wohnhaft in Danzig-Ohra) half mir bei Fachausdrücken der Schifffahrt.

Anni Bluma (ehemals wohnhaft in Danzig-Langfuhr) förderte in ausgedehnten Gesprächen Erinnerungen an die Danziger Innenstadt zutage.

Mein Cousin Herrman Klatt, Sohn des ältesten Bruders meines Vaters, half mit Ortsangaben und Familienbildern aus seinem Privatbesitz.

Inge Wohlfahrt, Witwe meines Cousins Eberhard, und ihr Sohn Ralf stellten mir das Danziger Einwohnerbuch von 1942 zur Verfügung.

Meine Nachbarinnen, Frau Hosner und ihre Tochter Brigitte Fries, liehen mir das »Huhn im Nest«.

Meine Freundin Ursula Flindt ermöglichte das Foto des grünen Vogels im Tannenbaum.

Meine Cousine Gerda Kock, geborene Olschewski, übermittelte mir das Foto der Goldenen Hochzeit meiner Großeltern väterlicherseits.

Meine Schwester Ursula Mallü sandte mir etliche Familienfotos zu.

An der Fertigstellung des Manuskripts für den Druck, der Aufbereitung der Fotos und dem Lektorat waren meine

Tochter Helga, mein Schwiegersohn Michael und mein Enkelsohn Daniel Morawek beteiligt.